Tucholsky
Wagner
Zola
Scott
Sydow
Fonatne
Freud
Schlegel
Turgenev
Wallace
Twain
Walther von der Vogelweide
Fouqué
Friedrich II. von Preußen
Weber
Freiligrath
Frey
Kant
Ernst
Fechner
Fichte
Weiße Rose
von Fallersleben
Richthofen
Frommel
Hölderlin
Engels
Fielding
Eichendorff
Tacitus
Dumas
Fehrs
Faber
Flaubert
Eliasberg
Ebner Eschenbach
Feuerbach
Maximilian I. von Habsburg
Fock
Zweig
Eliot
Vergil
Ewald
London
Goethe
Elisabeth von Österreich
Mendelssohn
Balzac
Shakespeare
Dostojewski
Ganghofer
Lichtenberg
Rathenau
Doyle
Gjellerup
Trackl
Stevenson
Hambruch
Mommsen
Tolstoi
Lenz
Hanrieder
Droste-Hülshoff
Thoma
von Arnim
Hägele
Hauff
Humboldt
Dach
Verne
Reuter
Rousseau
Hagen
Hauptmann
Gautier
Karrillon
Garschin
Baudelaire
Damaschke
Defoe
Hebbel
Descartes
Hegel
Kussmaul
Herder
Wolfram von Eschenbach
Dickens
Schopenhauer
Rilke
George
Bronner
Darwin
Melville
Grimm Jerome
Bebel
Proust
Campe
Horváth
Aristoteles
Bismarck
Vigny
Barlach
Voltaire
Federer
Herodot
Gengenbach
Heine
Storm
Casanova
Tersteegen
Gilm
Grillparzer
Georgy
Lessing
Langbein
Chamberlain
Gryphius
Brentano
Lafontaine
Strachwitz
Claudius
Schiller
Kralik
Iffland
Sokrates
Bellamy
Schilling
Katharina II. von Rußland
Gerstäcker
Raabe
Gibbon
Tschechow
Löns
Hesse
Hoffmann
Gogol
Wilde
Vulpius
Gleim
Luther Heym
Hofmannsthal
Morgenstern
Klee Hölty
Roth
Heyse
Klopstock
Kleist
Goedicke
Luxemburg
Puschkin
Homer
Mörike
La Roche
Horaz
Musil
Machiavelli
Kierkegaard
Kraft
Kraus
Navarra Aurel
Musset
Moltke
Lamprecht
Kind
Kirchhoff
Hugo
Nestroy Marie de France
Laotse
Ipsen
Liebknecht
Nietzsche
Nansen
Ringelnatz
Marx
Lassalle
Gorki
Klett
von Ossietzky
Leibniz
May
vom Stein
Lawrence
Irving
Petalozzi
Platon
Knigge
Pückler
Michelangelo
Kafka
Sachs
Poe
Kock
Liebermann
Korolenko
de Sade Praetorius
Mistral
Zetkin

Der Verlag tredition aus Hamburg veröffentlicht in der Reihe **TREDITION CLASSICS** Werke aus mehr als zwei Jahrtausenden. Diese waren zu einem Großteil vergriffen oder nur noch antiquarisch erhältlich.

Symbolfigur für **TREDITION CLASSICS** ist Johannes Gutenberg (1400 — 1468), der Erfinder des Buchdrucks mit Metalllettern und der Druckerpresse.

Mit der Buchreihe **TREDITION CLASSICS** verfolgt tredition das Ziel, tausende Klassiker der Weltliteratur verschiedener Sprachen wieder als gedruckte Bücher aufzulegen – und das weltweit!

Die Buchreihe dient zur Bewahrung der Literatur und Förderung der Kultur. Sie trägt so dazu bei, dass viele tausend Werke nicht in Vergessenheit geraten.

Meine Spitäler

Paul Verlaine

Impressum

Autor: Paul Verlaine
Übersetzung: Hanns von Gumppenberg
Umschlagkonzept: toepferschumann, Berlin

Verlag: tredition GmbH, Hamburg
ISBN: 978-3-8424-9420-6
Printed in Germany

Paul Verlaine

Meine Spitäler

Deutsch von Hanns von Gumppenberg

MEINE SPITÄLER

VON

PAUL VERLAINE

DEUTSCH
VON HANNS VON GUMPPENBERG

IM INSEL-VERLAG ZU LEIPZIG

I

Wenn er sich im Spital befand, war wenigstens nicht die Literatur
daran schuld, die ihn gewiß mit Gold und Ehren überhäuft hätte,
sondern doch wohl ein bißchen er selbst und andere – meinen Sie
nicht auch, liebe gnädige Frau? Ich will nicht länger bei dieser –
zudem recht belanglosen – Frage verweilen; nicht ich werde das
Wort ergreifen, er wird sprechen, und zwar gewissermaßen unper-
sönlich, so nach seinem besonderen Poetentemperament.

In hohen Sälen, in einem förmlichen Palast, verflossen die Wochen der Lehrzeit. Die ungeheuren weißen Vorhänge an den Fens-
tern und die strahlend schöne Julisonne füllten seine Seele mit einer
neuen Wärme, die zu rechter Zeit auch durch einiges bare und einiges sicher fällig werdende Geld auf ihrer Höhe erhalten wurde, so
daß die augenblickliche Lage nach innen und außen nicht peinlich
erschien, höchstens prickelnd in ihrer unbedeutenden Schwierig-
keit. Was ließe sich von den Chefärzten sagen und von ihrem Stab,
den Assistenten und Studenten, als daß es sehr nette Menschen
waren; was von den Angestellten – (die Kirche sagt da »Diener«) –
und von den Kranken, als daß die armen Leutchen sich nach besten
Kräften ums Kurieren mühten? Nur ein einziger Todesfall in diesen
etlichen vierzig Tagen: ein alter Mann, der im Verscheiden »Mama,
Mama!« stammelte. – Alles in allem: ein sehr guter erster Eindruck,
ein Anfang, der einen mutigen Entschluß kostete, aber dann leicht
fiel ...

Weniger leicht, wenn auch nicht weniger mutig wurde die zweite
Prüfung ertragen. Auf den strengen und grellen Palast, der aber wie
ein vornehmer Beschützer war, folgten Baracken aus Fichtenholz
und Ziegeln, nach Art der fliegenden amerikanischen Lazarette.
Von außen gleichen sie so ziemlich einem Schlachthaus, innen zeigen sie die Bauart einer Methodistenkapelle; es fehlen lediglich
Worte des heiligen Paulus auf weißen Hängetafeln an den gefirniß-
ten Holzwänden. Auch vom Kursaal eines neuetablierten Badeorts
könnte man sprechen.

Es ist zwei Tage nach Allerheiligen. Die Fenster gehen auf den
Garten eines Blumenzüchters, eines Anwohners der Ringbahn. Eine
Reihe von Akazien spiegelt den Saum eines Wäldchens vor, dessen
Dickicht das Innere der dahinter sichtbaren Befestigungswerke

wäre; aber das Laub lichtet sich, und damit schwindet schnell die optische Täuschung. Die Ärzte und die Studenten sind immer vortrefflich, scheinen aber zugleich auch ein bißchen sehr skeptisch und verbohrt; das Personal, du lieber Gott, immer untadelig, doch scheinen die Kranken nicht entzückt, daß die Barmherzigen Schwestern nicht mehr da sind. Sie selbst sind wunderlich, und einige von ihnen dümmer als recht ist. Gegen zwei Uhr stellt der Nachtwärter auf einem großen Zentralbüfett, »appareil« genannt, die Zinntöpfe für die Arzneitränke in Ordnung. Ein halbwollenes Tuch, womit er sie dann während des Auskehrens bedeckt, hat er über die Schultern geworfen, von denen es um seinen Körper und über seine Arme herabhängt; es macht denselben Eindruck wie das Chorhemd eines Priesters, der eine Menge heiligen Öls verteilt; Watte, in Bauschen und Flocken da und dort verstreut, vervollständigt die Vision.

Manchmal vorzüglicher Schlaf. Aus dem man beim ersten Tagesgrauen geweckt wird, wegen des »Aufbettens«. Eine von den Wärterinnen ist ein Mädchen vom Lande, erst vor kurzem aus dem Zug, nein, aus dem Bauernwägelchen gestiegen. Ein bißchen einfältig, ohne gar zu viel Naivität, und wirklich eine sehr gute Haut. Auch nicht der Schatten eines eigennützigen Gedankens. Wenn sie einem sagt: »Sie Faulpelz Sie, setzen S' sich doch auf, daß man Ihnen die Kissen richten kann«, so nimmt sie sich dermaßen niedlich aus, daß man ganz begeistert ist, ohne ein unbestimmt sinnliches Lächeln unterdrücken zu können – denn sie ist noch jung und hat ein hübsches Gesicht.

Wenig Zwischenfälle im Verlauf eines Wintersemesters, im heißen Dunst des Koksfeuers eines Gußeisernen. Ein Alkoholiker, ein Kutscher, untertags ganz vernünftig, geht eines Morgens gegen vier Uhr auf und davon, springt halbnackt aus einem der Fenster, einem ebenerdigen übrigens, etliche fünfzig Zentimeter tief, und kommt, von Stadtzollwächtern aufgehalten, auf der Tragbahre zurück mit den Worten: »Aber ich versichere Ihnen, ich bins ja gar nicht!« Das helle Licht der eisigen Mondnacht schneidet alle Gegenstände wie mit einer Schere aus und fälscht jede Perspektive, die Sonne schielt mit tollem Strahl, und es ist sehr verhext und zauberhaft.

Uninteressante Todesfälle. Und dann gibt man sich drein. Umdüsterte pekuniäre Lage, die im Begriff ist, ganz in dunkle Nacht zu versinken.

Ein Zwischenspiel ganz schwarz und traurig: Misere, und fast der Strick um den Hals, so daß ein Wiederschlimmerwerden der Krankheit und der Wiedereintritt in ein drittes Spital willkommen sind. Wenigstens bedeutet das den Frieden ferne von den Menschen und ein Leiden in ungestörter Ruhe. Die Todeswünsche – Tod den andern, Tod für einen selber – verflüchtigen sich in den Düften von Äther und Phenol. Das Blut pulst stiller, der Kopf denkt wieder vernünftig, die Hände werden, wie sie eigentlich immer waren, gut und fromm. Ebensowohl stimmt die Örtlichkeit zur Beschwichtigung, die sie schafft: Ende des 18. Jahrhunderts, mit Veränderungen und Anpassungen im Stile von Louis Philippe und 1848. Das Innere des Baus ähnelt besonders den bekannten Provinzhäusern mit den mächtig hohen Räumen. Das Parkett, lebensgefährlich gewichst, stellenweise gewölbt vom Alter, zeugt schon durch seine Anordnung in phantastischen schräglinigen Mustern von der beträchtlichen Bejahrtheit dieser Behausung. Ein kleiner Saal, der sich an den Hintergrund eines anderen, viel längeren anschließt, hinter einer Zwischenwand mit Glasfenstern, die von den übrigen Kranken – es sind ihrer vier – zwar abgrenzt, aber nicht isoliert. Die Fenster dieses Gemachs gewähren einen breiten Ausblick auf eine wenig belebte Vorstadt des linken Seine-Ufers gegenüber dem in lichtem Grün prangenden Garten einer höheren staatlichen Anstalt. Es ist Frühling, und Vögel flattern und singen.

Das Kritische der Lage, die zu gleicher Zeit verzweifeln macht und in der Geduld Rettung suchen heißt, während alles zu hochmütigen Gewalttätigkeiten treibt, die in schreckliches Verderben führen müßten, legt eine Binde über die Augen und stopft Wachs in die Ohren. Zweifellos uninteressante Häßlichkeiten und Dummheiten, die durch ihre Banalität noch schauderhafter werden, gehen unbemerkt vorüber. Eine widerwärtig moderne Kapelle, in der gleichwohl eine hübsche Stimme zu einem diskreten Harmonium singt. Da die Frauen hier eine abscheuliche Anstaltskleidung tragen müssen, sieht man keine Kranken vom »schönen Geschlecht«, mit Ausnahme von zwei oder drei Alten und ganz schmächtigen Mädels, die meist schon kokette Seitenblicke werfen.

Weiter drinnen, links vom Entbindungspavillon, scheint es Barackenlager zu geben wie da drunten. Danke schön. Ich habe genug davon.

In diesem endgültigen Spital ist das Gas auf entsprechend niedrige Dienste beschränkt. Es beleuchtet die Küchen, die Kammern, die Korridore, die Stiegen – und die Klosetts.

Vom »endgültigen« Spital wird hier deshalb gesprochen, weil man innig wünscht, diese Art von Asylen nicht mehr zu frequentieren; höchstens wird man, wenn das Unheil hier gleichfalls halsstarrig bleibt, sich in noch schlimmere Herbergen verkriechen, und damit ist es dann abgetan.

II

So, so – sehr schön, Herr von Dichter. Das Leben ist weder so kurz noch so schnell fertig. Es besteht aus Übergängen. Die Geduld spielt darin eine Hauptrolle. Anderseits sind die bestimmenden Ursachen Ihrer Einweihung in die Geheimnisse der Spitäler auch nicht im entferntesten geschwunden. Und endlich war der Wunsch, andere Asyle kennenzulernen, nicht vernünftig und stellte sich vielleicht im vorliegenden Falle als zu ehrgeizig heraus, Sie haben das begriffen und haben sich ins Unvermeidliche gefügt. Neue Eindrücke erwarteten Sie im gleichen Milieu, und ob diesem einigermaßen unfreiwilligen Asketenleben ein anderes Ende beschieden ist als das natürliche, weiß niemand. Immerhin steht fest, daß es da eine bestimmte Entwicklung gibt, von der die paar Fragmente zeugen, die hier in knapper Zusammenfassung folgen sollen.

– Das Wort »Rekonvaleszenz« ist gefallen, und der Dichter befindet sich jetzt in einem Mittelpavillon, einer verkleinerten und vereinfachten Nachbildung des Zentralpavillons der Tuilerien, die aber napoleonisiert ist durch ein gewaltiges Kaiserwappenschild: der Adler auf Blitzstrahlen ruhend, und dahinter der mit Bienen besäte, hermelinverbrämte Mantel, den die Kette aus Miniaturadlern säumt, woran ein riesiges Ehrenkreuz hängt: das Ganze, wohlverstanden, aus Stein. Nebenbei gesagt: herzlich plump und banal und häßlich – bei allem schuldigen Respekt vor dem »verewigten Cäsar«.

Rechts und links je ein Trakt mit Erdgeschoß und hochfenstriger Etage, und dann zwei Seitenflügel aus Stein, Ziegeln und Holz, die ungeheure Nebengebäude, eine endlose Reihe von Stallungen und Remisen ahnen lassen; das Ganze ein bißchen prunkvoll mit vier großen Gartenanlagen um ein ziemlich weites Bassin, und davor ein mächtiger Rasenplatz, hier und da mit Korbbeeten besetzt, deren Blumenschmuck eher einen ärmlichen Eindruck macht – aber ist der Palast nicht eben für die Armen da, und braucht man das zu vergessen?

Die Gebäude senken sich sehr tief in Gestalt von Seitengalerien, die niedrig genug sind, um in zarter Helle die hübschen Bäume eines Volkslustwäldchens der unmittelbaren Umgebung von Paris herüberschauen zu lassen, in dessen Mitte sich übrigens, wie auf einer Lichtung, diese bei alledem ganz gefälligen Baulichkeiten erheben.

Napoleon III., der Wohlintentionierte, wars, der dieses Asyl für die Spitalrekonvaleszenten ins Dasein rief. Selbst die Anlage der Innenarchitektur, selbst der Charakter der Gepflogenheiten des Hauses verkünden überlaut diese Herkunft: langgestreckte Kasernengänge, Stuben zu drei Betten, die an die »petites salles« der Spitäler erinnern, und eine etwas gefängnismäßige Hausordnung; die Speisesäle mit Tischen aus rotem Marmor und mit kleinen gußeisernen, vergnüglich lackierten Säulen versetzen in die Zeit des ersten Auftauchens der Duval-Speisehäuser zurück, dieser Schöpfung der Glanzzeit des zweiten Kaiserreichs; die meist schweizerischen Benennungen der Galerien, Säle und Schlafräume klingen gut in einer Stiftung des Lieblingsschülers des tapfern Generals Dufour; und endlich das Reglement, offensichtlich ein Werk des fourieristisch[1] gefärbten Philanthropen, des Siegers von Saarbrücken, dieses Reglement, bei jeder Gelegenheit verlesen und wieder verlesen von den Wärtern, fast hätte ich gesagt: Wächtern, die mit ihren grauen Schnurrbärten aussehen wie Exgrenadiere von Magenta, wie Dekorierte des mexikanischen und chinesischen Feldzugs – dieses Reglement duftet sehr nach dem Gefangenen von Ham, nicht ohne ein Rüchlein von altvaterischem Säbelregiment.

Selbst die »circenses«, die neben dem »panis« der Speisesäle geboten werden: die Musik- und Spielsäle (Holzspiele: Schach, Dambrett, Domino oder vielmehr »doches«) suggerieren der dekadenten Auffassungsweise das, was die noch übliche Rhetorik der 5-Centimes-Zeitungen die »unseligen Geschenke einer glücklicherweise unter der nationalen Wiedererhebung zu Staub zermalmten Diktatur« nennen würde.

Von dem Musiksaal wird dann gleich wieder die Rede sein. Der Spielsaal ist – wie übrigens auch der Musiksaal – ein sehr großes Rechteck, ausgestattet mit langen Tischen und Bänken, wo man raucht, während man seine Siege im Dam- oder Dominospiel erkämpft.

---

[1] Charles Fourier, geb. 1837, Begründer eines sozialistischen Systems.

Aber am lautesten redet, zwischen den beiden Speisesälen hinter dichten Vorhängen aus dunkelrotem Stoff versteckt, die *Kapelle* von dem Sohn der Hortense und seiner Regierung, so lebendig werden durch das Weiß und Gold des Altars und Altarblatts, durch die roten Teppiche der Stufen, durch die Gitter und die Lampe von Goldkäferfarbe und durch das Harmoniumspiel, wie es die stille Messe der »dames et messieurs du dehors« begleitete, die Messen der Tuilerien heraufbeschworen, wo die allerschönste Kaiserin die Zauberpracht ihrer Roben entfaltete, wo sich ein Stab Von Kammerherrn und Marschällen blähte, und wo der Kaiser in scheinbarer Aufmerksamkeit einnickte. Nur sind hier die »Gläubigen« jetzt ganz im Gegenteil arme Teufel, voller Staunen, sich hier zu befinden, unter dem halb wohlwollenden Blick von floretseiden behandschuhten und sehr frommen Beamten – heiliger Gott im Himmel!

Klitsch, klatsch – Peitschenknallen! Von der Straße, die vor dem Haupttor vorbeizieht, rasseln die zwei Transportwagen der Verwaltung heran, vollgepfropft mit »Rekonvaleszenten«, welche die Armenpflege, im Volksmund schlechthin »A. P.« genannt,[2] in allen Himmelsrichtungen aufgelesen hat; sie biegen in dieses Tor ein und haben auch schon an der Pforte des Aufnahmebureaus etwa 30 Neuankömmlinge abgesetzt, die nach den üblichen Formalitäten – Einschreibung, summarische ärztliche Untersuchung, erste Verlesung der Hausordnung durch den Kapitän (das Oberhaupt des Überwachungspersonals) – sich nach den bezeichneten Stuben verlaufen, unterm Arm die Kleidungsstücke tragend, die jedem zugeteilt wurden, als da sind: ein Paar Socken und Leinenschuhe, ein Hemd, eine Nachtmütze, ein preußischblauer Sackpaletot, ein Tuchkäppchen von gleicher Farbe (wir sind jetzt in den ersten Maitagen, die Sommertracht – leichterer Paletot und Strohhut – beginnt mit dem Fünfzehnten dieses Monats), ein Handtuch und eine Tischserviette. Dann setzt man also, wird der Leser sagen, bei jedem Rekonvaleszenten den Besitz von Beinkleidern voraus? Gott ja.

– »Galerie soundso, Zimmer Nummer soundsoviel!«

---

[2] Assistance Publique.

Und der Dichter tritt in einen Raum, der viel zu stark gewichst ist für seine »partielle Ankylose[3] des linken Knies, als Folgekrankheit einer rheumatischen Arthritis«.[4] Drei Betten, die von den Rekonvaleszenten jeden Morgen in Ordnung gebracht werden müssen, nach bestimmten Regeln wie beim Militär, ebenso wie sie auch diesen Fußboden zu kehren und zu wichsen haben, der, ach, so glitschig ist!

Die gegenwärtigen Stubengenossen des Dichters sind ein Aufseher der städtischen Anlagen, ein sehr schweigsamer guter Kerl, und ein blutjunger Mensch von kaum sechzehn Jahren mit dem Blondkopf einer bildhübschen englischen Miß, dessen Schönheit aber eine schon männliche Anmut erhöht. Er bemerkt, wie schwer es dem Dichter wird, seinen linken Hausschuh anzulegen, und stellt sich ihm liebenswürdig zur Verfügung. Doch die Glocke tönt, man geht zu Tische. Langsamer Einzug in den Speisesaal, gutes Mahl, besser als im Spital, sogar ein Nachtisch – welche Freude! Abzug im Gänsemarsch unter dem einigermaßen erschröcklichen Blick des Speisesaalaufsehers, nachdem wieder einmal laut, deutlich und vernehmbar die unausbleibliche Hausordnung verlesen worden ist.

Spaziergang im Garten, ein oder zwei Pfeifen Tabak, dann, wie es der erste Tag voll Ermüdung und verhältnismäßig großer Aufregung verlangt, ein ausgiebiges Schläfchen bis sechs Uhr, bis zur Stunde der Abendsuppe. Einer dermaßen guten Suppe, daß man sich, auf Ehre, in die »Halles« versetzt glaubt!

Der zweite Tag wickelt sich ab zwischen dem Kugelspiel in einem kleinen Gehölz, das von dem größeren durch einen Zaun abgegrenzt ist, und der ziemlich reichhaltigen Bibliothek. Der Dichter beginnt hier, nach dem für jeden Halbtag verordneten Dampfbad, die Lektüre von Lamartines »Geschichte der Restauration«. Das Buch interessiert, obschon und weil es verkannt und unbekannt ist. Das Dampfbad ist amüsant wie alles andere.

Abends: Aufstieg zum Musiksaal. Der erwähnte junge Mensch singt dort Kabarettlieder mit einer vorzüglichen, gut geschulten Stimme. Beim Hinuntersteigen in die gemeinsame Wohn- und

---

[3] Gelenksteifigkeit.

[4] Gelenkentzündung.

Schlafstube wird er vornehmlich von dem Dichter beglückwünscht, dem er ein paar Tage später seine herzbewegliche und stolze Geschichte erzählen wird. Das Schicksal führt beide einige Monate und einige Jahre später wieder zusammen.

So vergehen die Wochen ohne große Ereignisse; und dann der Abschied mit ein paar Louis in der Tasche, hinaus in die »Freiheit« – ob sie die *endgültige* sein wird??

III

BRAV, da fangen ja die dummen Geschichten schon wieder an! Marsch, du Unglückswurm, du Pechvogel, du gottverlaßner Tropf – marsch, zurück in die Gefängnisse, wohin du gehörst!

Und abermals ist es der veritable Palast – aber wie verändert, wie verdüstert, seit den Wochen der Lehrzeit! Die hohen Fenster mit den weißen Vorhängen gleichen den Fensteröffnungen eines Kerkers für Riesen oder irgend eines Narrenhauses, das man im Angsttraum sieht ...

Bargeld keines mehr. Geldaussichten wohl immer sicher, jetzt aber weniger als sonst. Mittlerweile dieselbe Julisonne wie vor einem Jahr, aber heute drückend, gleichsam gallig und gallig machend in ihrer Wut; dieselben hohen Säle, man möchte sagen, niedergepreßt wie ein Gewitterhimmel, der drohend gleißt in einem Weiß von weißglühendem Eisen, einem Weiß der Trauer, wie das Begräbnis einer Jungfrau; derselbe Chefarzt: aber er scheint weniger väterlich, mit neuen Gehilfen, die man nicht auf der Höhe der früheren findet. Die Bedienung auf den ersten Blick weniger aufmerksam. Selbst die Kranken erscheinen verstockter; während dieses Monats, der doch glühendheiß ist und ungesund sein muß, ist nicht einer von ihnen gestorben, aber welch üble Laune, kaum vorübergehend gebessert durch die Nationalfeier: kleine Extravergünstigungen, etwas mehr Nachgiebigkeit in der Hausordnung, eine wohlfeile Dekoration der Räume, die der Kollektenbegeisterung der Kranken zu danken ist; Papiergirlanden und R. F.'s in falscher Vergoldung auf Zierleisten, die wie die Girlanden in den Farben der Trikolore prangen. So gehen da zwanzig Tage hin.

Noch einmal das napoleonische Asyl. Im August. Einem regnerischen August. Letztes Jahr wars einen schönen Frühlingsmonat lang: da blühten Rosen in allen Farbennuancen an den Balustraden, die um diese Zeit von den Blumen ganz überwuchert waren und heute nur grün und schwarz von Blättern und Zweigen sind. Die Bäume der Kreuzpflanzung und des Wäldchens werden an vielen Stellen schon gelb, und der Wind entführt bereits das Laub. Der Wind weint auch in den Gängen des Hauses an manchen Tagen, und die Zugluft, die immer von Übel ist, beginnt »gefährlich« zu werden: worauf mich ein Pariser aufmerksam macht, ein Lungenkranker, den man ohne Zweifel nur irrtümlicherweise hierhergeschickt hat.

Kühl und mehr als das werden die ersten Morgenstunden, und man beginnt mit dem Wintersystem, das darin besteht, daß man die recht dünne Decke zweifach zusammenlegt, während man sich bis zu dieser ungewöhnlich rauhen Zeit damit begnügt hatte, sie auszubreiten.

Die Kost, die im Vergleich mit der übrigens ausreichenden und bekömmlichen, wenn auch einförmigen der eigentlichen Spitäler wirklich so gut, so abwechslungsreich war, nimmt nun einen Geschmack an, der zugleich unter allem Hund und über alle Begriffe ist. Einzelne von den Rekonvaleszenten schreiben diese Wandlung zum Schlimmeren der bevorstehenden Abreise der Barmherzigen Schwestern zu. Werden jene, die sie ersetzen, die gute Gepflogenheit von früher wiederherstellen, sowohl in der wahrhaft väterlichen (oder, wenn man will, mütterlichen) Betreuung als auch in den Speisesaalangelegenheiten? Denn auch hier regiert zuviel und leitet zuwenig eine Art Schlamperei, anscheinend als entsprechende Folge eines gewissen Mangels an Verwaltungstalent und vor allem an dem ruhigen Gleichmut, der zum Bessermachen nötig wäre.

Man langweilt sich; die Bibliothek ist ganz durchgelesen; man kennt jeden Baum des Wäldchens, das ein Haus voll Narren und Närrinnen umsäumt, deren Schreie – und was für Schreie! – man gegen Mittag hört: a daemone meridiano libera nos, Domine! Selbst die Kühe, die Milchspenderinnen für Lungenkranke, die auf einer Miniaturlichtung weiden, sind nicht mehr amüsant und scheinen sich auch ihrerseits nicht zu amüsieren. Es ist zum Herzbrechen. Der Abend kommt. Man hat vorschriftsmäßig diniert. Sich zu Bette legen, um dann nicht zu schlafen, ist dumm ... und man steigt hinauf zum Musiksaal.

Wie drollig!

Man könnte sagen, daß die Verdichtung, die Synthese, die Quintessenz des Pariser musikalischen Volksgeschmacks, das sentimentale Kabarettlied dort dominiert. Die alten Sachen in diesem Genre erhalten sich, die neuen schlagen vollständig die zeitgenössischen Produkte komischer Richtung. So kommt es, daß »Comme à vingt ans«, »Moine et bandit« e tutti quanti abwechselnd mit »Petit Pinson« oder »Carmen, vous n'avez pas d'âme« usw. viel häufiger gesungen werden, weit beliebter sind und, der hier ein bißchen sehr drakonischen Hausordnung zum Trotz, mit nachdrücklicherem – durch Spazierstöcke und Krücken mächtig verstärktem – Applaus aufgenommen werden als irgendein »Doktor Eisenbart« oder eine »Joséphine elle est malade«.

– Es ist ja auch eine uralte Beobachtung, daß der Vorstädter oder das, was man so nennt, das heißt der naive Skeptiker und der spontane Spötter par excellence, gern elegisch ist – in der Musik, notabene – und daß ihn das empfindsame und seufzerreiche, nur in Schwarz und Weiß malende Melodram mehr packt als das Vaudeville und die Posse. Weitere Schlüsse darf man aber daraus nicht ziehen, ebensowenig wie aus drei Vierteln aller anderen Beobachtungen – nicht wahr?

Aber welche Interpreten, zumeist! Die drei historischen Lieder (ganz im Ernst gesprochen) aus der Periode, aus der wir alle soeben etwas lahm geprügelt hervorgingen, »En revenant de la Revue«, »Les Pioupious d'Auvergne«, »Le Père la Victoire«, in der Melodie so hübsch wie möglich und als »Gedichte« unterhaltlich, geistreich, sehr geistreich sogar, obwohl es gewisse zartfühlende Leute gibt, die immer unglücklich sein werden und die sich, ach, so geprellt fühlen! Der Vortrag so falsch, wie die Stimme hohl und schleppend ist, wenn sie nicht gleich klingt wie ein zersprungener Topf – o Paris! – oder gar schrecklich südfranzösisch! Unerhörte Schnitzer in der Aussprache der Bindungen, die daran zweifeln lassen könnten, daß der Sänger versteht, was er »bringt«, Ausklingenlassen der Reime auf »o«, nach der Manier gewisser »Künstler« allerletzter Caféchantants, und dies, um Schick zu zeigen, in einem grundnaiven, förmlich rührenden Dandytum ... oh! Und jene netten, wenn man so sagen darf: topographischen Ulkereien, in denen nach kecken Melodien alle Viertel und Denkmäler der Hauptstadt vorüberziehen, immer unter drolligen und drollig erzählten Umständen: die »Statues en goguette«, der »Gaulois du pont d' Jéna«, die »Chaussée Clignancourt«, die »Samaritaine«, »Derrière l'omnibus« – wie scheußlich schlecht werden sie wiedergegeben von diesen wackeren Leuten, die für gewöhnlich soviel Munterkeit und Stutzergewandtheit haben, als Rekonvaleszenten aufbringen können: aber einmal

»auf den Brettern« – es handelt sich da um eine richtige kleine Bühne – werden sie verschüchtert, linkisch und tolpatschig. Nur wenn
sie »Ernsthaftes« zum besten geben, werden sie komisch, mit seltenen Ausnahmen! Das sentimentale Volkslied, schon an sich lächerlich genug, nimmt extrem parodistische Züge an in diesen ehrlichen
Kehlen, in denen verflossener Suff und gegenwärtige Bronchitis die
erstaunlichsten Töne aufgespeichert haben. Dazu kommt noch das
Nichtverstehen, wo nicht der gesungenen Texte, so doch mindestens der Absichten des Autors, ob dieser nun ein Einfaltspinsel ist
oder nicht. Zum Beispiel »Les Bœufs« von Pierre Dupont, ein bewundernswertes Gedicht, neben den »Pins«[5] und den »Sapins«[6]
vielleicht das Meisterstück des wahrhaft kraftvollen Poeten, der
noch aus seiner heutigen Halbvergessenheit auftauchen wird: können Sie sich vorstellen, wie meisterlich die sich ausnahmen, vorgetragen mit der krampfhaften Akzentuierung eines Bauernlümmels
von »Séne-et-Ouèse«?[7]   Ihr armen erhabenen Kürassiere von
Reichshofen,[8] du leidvolles Elsaß-Lothringen, du ganz schöne und
ganz reine Gestalt Marceaus,[9] seid wenigstens nachsichtig gegen
eure Besinger in dieser Herberge, in der Erwägung, daß es Arme,
Gebrechliche, Leidende, zumeist Einfältige sind, die ihre »Nummern« mit aufrichtiger Begeisterung wählen; es kann auch recht gut
sein, daß unter ihnen ein Überlebender des heroischen Sturmangriffs ist, den das Vaterland, noch voll Stolz, beweint; vielleicht auch
hat der junge Mensch dort, der eben kreischt: »Er ist tot, der stoische Soldat«, in seinem Schülertornister das Kragenabzeichen und
die Ärmelsterne, vielleicht ist dieser gute Junge mit dem teutschen
Akzent ein Deserteur der Truppen der Reichslande ...

Aber diese Stimme – diese Stimme? Der Dichter kennt sie und
kennt sie auch wieder nicht, oder umgekehrt. Das schlechte Licht,
nicht der Rampe, denn es ist keine Rampe da oder wenigstens kein
Rampenlicht, sondern des Saals, den einige Gasflammen in matten
Glasglocken undeutlich erhellen, läßt erst nach einiger Zeit die Ge-

---

[5] Föhren

[6] Fichten

[7] Seine-et-Oise

[8] Die Franzosen nennen bekanntlich die Schlacht bei Wörth nach Reichshofen

[9] Der bekannte, im Feldzug von 1796 gefallene General der Revolutionszeit

sichtszüge des Sängers unterscheiden, der sich augenblicklich auf der Bühne befindet: und es zeigt sich, daß es der junge Mensch vom verflossenen Frühling ist. Seine Gestalt hat sich ein wenig gestreckt und sein Falsett-Tenor in dieser kurzen Zwischenzeit zu einem sammetweichen, hellen und warmen Bariton mutiert ...

Was ist sonst noch hier bemerkenswert, ehe man von hinnen geht, für immer vielleicht und mit keiner größeren Gemütsbewegung, als sie die Schicklichkeit gebietet?

Ach ja – wenn man will, das eine noch:

Wer die Rekonvaleszenten besucht, darf auch die verschiedenen Teile der Anstalt besichtigen, unter Führung eines hierzu bestimmten Beamten, der ihm alles Interessante bis ins einzelne erklärt. Dieser biedere Cicerone versäumt es niemals, die Aufmerksamkeit seiner Zuhörer auf zwei ungeheure Karten von Europa und den beiden Hemisphären zu lenken, die ein Rekonvaleszent auf zwei Wände des Spielsaals al fresco gemalt hat. Und dann redet er folgendermaßen:

»Dieser Rekonvaleszent, dem man ungefähr ein Jahr Überzeit im Asyl gewährt hatte, damit er seine Arbeit zu Ende führen könne, erhielt von der Direktion die Summe von 500 Francs und die Zusage oder vielmehr die Gewißheit, unmittelbar staatlich angestellt zu werden. Nun, am Tage seines Austritts und an den paar nächstfolgenden Tagen, es handelte sich um höchstens zwei oder drei, betrank er sich, lumpte mit Frauenzimmern herum, kurz: brachte seine 500 Francs durch und hatte dann die Keckheit, wiederzukommen und um neue Unterstützung nachzusuchen, die ihm natürlich verweigert wurde.«

Man muß die Entrüstungsrufe der guten Leute hören, meist armer Verwandter der armen Pensionäre, die sie besuchen: »O der Schweinekerl! Müssen denn immer die Guten für die Schlechten leiden? Fünfhundert Francs in zwei oder drei Tagen!!«

Ei, du biederer Mann, ei, du würdige Matrone, ei, ihr armen Dinger, hattet ihr selbst schon recht oft 500 Francs zu eurer Verfügung? Und könnt ihr euch vorstellen, wie verwirrt, wie förmlich außer Rand und Band die Seele eines Künstlers, vielleicht eines Deklassierten, ist, wenn ihm ein solches armseliges Vermögen zufällt, mit dem man sich »auf einen Schlag das Paradies holen« kann? Muß dieses auf den ersten Blick absurde Verhalten nicht ganz natürlich geboten erscheinen für alteingewurzelte Verzweiflung, Verachtung der Zukunft, Ekel vor der Vergangenheit und Gleichgültigkeit gegen ein Leben, das beim Wiederbeginn sicher noch herber und noch trostloser vor ihm liegt...

Die Tage verstreichen. Hinaus mit den Rekonvaleszenten, selbst mit den Krückengängern! Alles hat einmal ein Ende. Die Ärmsten von ihnen verbringen noch drei Tage in einer unklaren Übergangszeit; es wird angenommen, daß man da für sie Arbeit sucht.

Die Schar der andern verbreitet sich über die Stadt auf der Jagd nach einer Arbeit, die sich versteckt, und nach einer Gesundheit, die ihrem zerrütteten Körper nicht mehr erreichbar ist, als die Fledermäuse des Pariser Winters, dessen Schwalben, wie rührsame Volkslieder behaupten, die kleinen Schornsteinfeger sind.

Klitsch, klatsch! Knall mit der Peitsche, Kutscher! Die zwei Wagen der Verwaltung, überfüllt mit »Rekonvaleszenten«, passieren das Torgitter des Burghofs ... – Auf Wiedersehn, Kameraden! – oder adieu denn!

IV

Und nun dieses Untertauchen, dieses Kämpfen im Röhricht, fast bis zur Vernichtung, dieses Halb-im-Triebsand-Versinken, Halbertrinken im Schlammstrom, im sogenannten schwarzen Elend! Der einzige schwankende Weidenzweig, die einzige von der Vorsehung gesandte Planke, die noch einigermaßen in Greifnähe schwimmt, wird abermals das Spital sein, dank der Krankheit, die sich einkrallt, als zuverlässige, aber langsame Lieferantin des Todes.

Und gehen wir diesen Weg zum dritten und vierten und soundsovielten Male seit dem Aufenthalt in dem Pfahlbau, der von außen ein Schlachthaus und von innen eine Methodistenkapelle ist. Ein anderes Bild. Alte Kerle, dieses Mal »Boulevard-Chroniken«, wie man hier sagt. (»Boulevard-Chroniken«, das heißt beinahe so viel wie »saturniens«.) Gut denn! Es leben die Alten! Sie haben ihr Unangenehmes, besonders in physischer Beziehung, aber man läßt es ihnen hingehen und hält ihnen ihren tüchtigen Kern zugute, der hier in seiner Volkstümlichkeit und Einfalt wenig beschwert ist mit Unterricht und Lesefrüchten und durch seine ursprüngliche, fast noch unberührte Weisheit und seine tatsächlichen Lebenserfahrungen entzückt: Erfahrungen, die schon durch ihre Gebresten selbst bescheinigt werden, von so trauriger Lächerlichkeit auch diese Gebresten manchmal sein mögen, und durch

> »das große Elend
> des ewigen Juden«,

der du bist, Volk, das man stößt und das man mißbraucht, und das sich auflehnt, doch immer wieder besiegt wird, niedergeworfen von den Kugeln und von den Entbehrungen, wenn seine Kraft erlahmt.

Aber hat der Dichter da nicht soeben Unmöglichkeitssozialismus getrieben? Man bittet die schönen Damen, die dies doch nicht gelesen haben werden, um Verzeihung!

Doktoren und Studenten defilieren förmlich in geschlossener Kolonne. Sämtliche Doktoren, mit ihren kleinen persönlichen Verschiedenheiten, im großen ganzen nett und anständig und mehr als das. Die Studenten sind das nicht alle. Gegenüber einer Mehrzahl, die liebenswürdig, wohlunterrichtet und genügend aufmerksam ist, finden sich da schreckliche, wirklich abscheuliche Poseure und Grobiane, die den Kranken genau wie einen Sträfling behandeln, wie einen Zuchthäusler, von der Höhe ihres Steifkragens herab und ihrer hellen Krawatte mit der falschen Juwelennadel, ganz und gar unmenschlich und »insolent«, wie das reizbare Volk von Paris so treffend sagt. Wehe ihnen am Tag der nächsten Kommune! Selbst in den Provinznestern, in die ihre »Studien« sie führen (sie sind die Sitzenbleiber der Klasse), werden sie nicht sicher sein vor der Rachsucht der Unglücklichen, die von diesen Kurpfuschern fortgesetzt malträtiert und dann auch noch ausgeplündert wurden. Auch der Dichter wird sie wohl ohne Lobrede namhaft machen, in » Invektiven« mehr nach Art des Martial als nach der des Juvenal, diese Schulfüchse, die ihn auf seinem Schmerzens- und Hungerlager verhöhnten. Jener Tag wird schrecklich sein, ein kleiner Dies irae, und so wenig ihre Namen sich zur Verewigung eignen, werden sie doch zu ihrem Erstaunen, zusammen mit vielen andern, auf die Nachwelt kommen! Auch ein Assistenzarzt – freilich nur ein einziger – war gemein und boshaft. Auch sein Name wird erschallen, wenn die Zeit dafür gekommen ist. Doch, beeilen wir uns, trotz alledem zum Ruhme der bejammernswerten Menschheit zu sagen: Leute dieser Art bilden nur einen verschwindend niedrigen Prozentsatz, »niedrig« in beiden Bedeutungen des Worts.

Man gewöhnt sich an dieses Leben, das so klösterlich ist, nur, ach! ohne das Gebet und ohne die Ordensregel, die um ihrer selbst willen befolgt würde. Das Bett füllt dein ganz Sein aus. Dein ganzes Leben spielt sich darin ab. Man *denkt* sogar darin. Oft weichlich, bisweilen aber auch männlich und edel. Der Dichter findet darin keinen Schlaf, aber draußen ist es auch nicht anders, außer wenn er unter gewissen Vorbedingungen sein Lager mit tüchtiger Ermüdung teilt. Man sinniert, und man kommt schließlich so weit, dem Leben da draußen nicht mehr nachzutrauern, nicht einmal dem besseren von ehedem, dem man im Sinne der uneingeweihten Leute nachweinen sollte.

Und dann hat es auch bemerkenswerte Ausflüge gegeben in den ungefähr zwei Jahren dieser Art von Gefangenschaft, ganz zu schweigen von den Vorzügen der Stabilität, des Prestige (!) und der Ernsthaftigkeit.

Einesteils nämlich wird da, dank unverhoffter provisorischer Hilfsquellen (o diese Hilfsquellen, o dieses Unverhoffte, o dieses Provisorische!) eine Reise nach einem berühmten Badeort verwirklicht. Eine Kur – wie für irgendeinen reichen Schlemmer – in einem Gebirge, das den höchst respektabeln Fuß der Alpen bildet und von dem neben Villon, Ronsard und Racine größten Dichter Frankreichs gepriesen wird, zusammen mit einem sehr blauen See, den übrigens unser Dichter nicht gesehen hat, mangels Kleingelds für Wagenfahrten, aber dessen Nebelrauch er wahrnahm in halber Höhe eines berühmten Gipfels, wie eine Augenbraue in einem finsteren phantastischen Riesenantlitz. Duschen und Bäder. Eine Table d'hôte, die von Tag zu Tag zusammenschrumpft (die »season« geht zu Ende), bis der Dichter allein zurückbleibt. Ein ausgezeichneter Fisch – neben andern kulinarischen Lokalspezialitäten – der »lavaret«[10] genannt wird, und eine sehr gute einheimische Artischockenart, deren Name dem Dichter entfallen ist. Alles in allem: eine schöne Zeit, ein Intermezzo, das unterhaltlicher ausfiel, als man vermuten konnte. Verschiedene Zwischenfälle, wovon einer komisch und just der Armut (ein seltener Vogel, etwas Niedagewesenes, ein Paradoxon!) des »Badegastes« zu danken ist! Dieselbe Armut leistet ihm auch noch andere gute Dienste. (Solche leistet sie immer, wenn man sie nur recht zu nehmen weiß.) Rückkehr in den Schoß des Pfahlbaus, wo, nebenbei gesagt, zuvor zwei Monate an der Seite eines lieben, gleichfalls kranken Freundes verbracht wurden, der um dieselbe Zeit herauskam, und mit dem ein Briefwechsel von und nach dem berühmten Badeort stattfand. Ach, waren das gute Sommermonate! – so wie es später, mit einem andern teuern Freunde, sechs schöne Winterwochen waren. Man geht, so innig verknüpft man schon vorher war, daraus noch inniger verbunden hervor; es ist das mehr wert als eine Verbrüderung, als eine Studentenfreundschaft. Es ist wie eine Verbrüderung, eine Studentenfreundschaft, aufgepfropft auf die schon vorher vorhandene Freundschaft. Und das, glaubt mir, ist etwas ganz Köstliches.

Doch nun zu dem anderen großen Ausflug!

---

[10] Eine Maränenart

Der vorteilhafte Verkauf – welcher Zufall! – eines Versmanu-
skripts hat die Pforten des Spitals geöffnet, die das Wohlwollen des
Chefarztes, dem ich mit diesen Zeilen von ganzem Herzen danke,
immer nur angelehnt gelassen hatte. Einige Wochen, ja zwei oder
drei Monate bringen Leben und sogar Vergnügen von normalem
Verlauf ... dann wirft die Geldklemme wieder ihre Schatten voraus
und folgt selbst in kurzem nach. Und wie der Dichter gerade zu
dieser kritischen Zeit an einem Sommerabend auf der Terrasse eines
Weinrestaurants in Gesellschaft auf Pump diniert, sieht er in der
regenschweren Dämmerung eines losbrechenden Gewitters eine
lange, hagere, schüchterne – ach, so lange Gestalt herankommen!
Diese Gestalt beugt sich fast geisterhaft über ihn, während eine
gebrochene, heisere und, ach, so schwache Stimme flüstert:

»Wie, Sie erkennen mich nicht wieder, den kleinen Sänger von
damals?«

»Ach so, mein Lieber – *Sie* sinds? Nehmen Sie doch Platz! Kellner,
ein Gedeck und ein Diner!«

Der arme Junge halte nämlich augenscheinlich seit langer Zeit
nichts gegessen. Und er kam, wie er erzählte, aus einem Spital und
aus allen möglichen Nachtasylen und irrte nun seit zwei Tagen
herum ... und wie zerlumpt!

Als das Diner – o wie das schmeckte! – vorüber war, vertraute der
»kleine Sänger« seinem von dieser Stunde und für immer gewon-
nenen Freunde an, daß er keinen Sou habe, um sich ein Quartier zu
verschaffen.

»Ich habe selber keinen Sou mehr, aber mein Zimmer, dessen
Miete noch läuft, ist groß, und es ist Platz darin für zwei.«

»Aber ich bin krank, tuberkulös infolge von Erkältungen und
Entbehrungen...«

»Na, und alle die Kranken, mit denen ich in den Spitälern in Be-
rührung kam?«

Und am übernächsten Tag, etwas weniger ausgehungert, mit etwas gehobenem Lebensmut, ein bißchen – ach, wie dürftig! – zu-
sammengeflickt, trat dieses ehrliche und reine Kind des Elends, die
Waise von greulichen Eltern, die Blüte und Frucht einer zwiefach

schuldbeladenen und letzten Endes verbrecherischen Liebe, trat dieser Arme, den alle verlassen hatten außer einem ebenso Armen und dazu Alten, aber gesundheitlich weniger schwer Getroffenen, wieder ein in die Anstalt Louis Philippe und 1848, von neuem krank und elend, in den Barackenbau, wohin ihm der Dichter nach kurzer Frist nachkam. Und das waren wieder relativ und positiv genußreiche Wochen, wenn auch melancholisch überschattet durch die langsame Verschlimmerung im Zustand des jungen Mannes, der bald, sicher allzubald, nach dem napoleonischen Asyl abging, von wo aus er mit dem Dichter korrespondierte. Plötzlich erhielt dieser zu seiner großen Beunruhigung keine Briefe mehr. Er erkundigte sich und erfuhr, daß der »Rekonvaleszent« das Asyl mit einem »bösen Schnupfen« verlassen habe (so geht zuweilen die gute A. P. vor). Und seit dieser Auskunft keine Nachricht mehr. War er vergeßlich oder tot, der Junge, der doch viva voce so hübsch und so rührend seine Dankbarkeit gezeigt hatte?

Wie dem auch sein mochte – und weil selbst in Frankreich nicht alles mit Sang und Klang endet –: diese doppelt schmerzliche Ungewißheit umdüsterte jetzt sehr das diesmal, wie er hofft, abschließende Entweichen des Dichters aus dem Bannkreis des Spitals.

Und ohne andere Versicherung als die, diese Silvio-Pellico-Arbeit nicht etwa eines Tages wiederaufnehmen zu wollen, nimmt er voll melancholischer Gedanken über Vergangenheit und Zukunft Abschied von dem viel zu wohlwollenden Leser, den diese Blätter »zerstreuen« konnten, und von Ihnen, liebe gnädige Frau, die sie, in Ermangelung von etwas Besserem, amüsieren sollten.

Bücher der Spitalchronika

I

Vierzehn Tage, oder eine Woche, wo die Poeten von sich reden gemacht haben auf verschiedene Art, wie mans von ihnen gewohnt ist: junge Poeten ausgezeichnet von alten (sagen wir, durch die Vermittelung einer Boulevardzeitung), ein wahrer Dichter dekoriert! ein andrer, Ironiker und gleichsam im voraus gerächt, im Spital gestorben und ... nach einem Dichter, der im Spital gestorben, eine Straße von Paris benannt, auf Grund eines Gemeinderatbeschlusses der »Stadt des Lichts«!

Die Presse sprach in würdiger Weise von Maurice Mac-Nab, dem hochoriginellen, dessen Verlust so allgemein beklagt wird; anderseits applaudiert die ganze literarische Welt der Auszeichnung, die Maurice Bouchor zuteil wurde, dem Schöpfer so vieler entzückender und tiefgründiger Werke, und die Benjamins des Parnassismus, die von ihren viel älteren Brüdern gekrönt wurden, sind natürlich ebenso stolz auf das äußere Zeichen des Erfolgs wie vergnügt über den unverhofften Goldfund. Ich will auch diese würdigen Jünglinge ihrem Glück überlassen und das zuständige Publikum seiner gerechten Befriedigung angesichts des Ratsbeschlusses, der den wackeren Sänger der »Aurore« und der »Symboles« ehrt, und will mich in dieser ersten »Spitalchronik« lediglich mit der Hégésippe Moreau-Straße beschäftigen.

»Neue Straße«, heißt es in der offiziellen Urkunde. Und ich sage bravo! Es wäre nicht schicklich gewesen, wenn der Name eines Dichters, besonders eines Mannes, wie er war, mit dem Arom von Anmut und Jugend, die in ihrer Blüte hingemäht wurden, irgendwelche banale oder triviale Aufschrift eines öffentlichen Verkehrswegs ersetzt hätte.

Und was die andere Möglichkeit anlangt, daß man eine berühmte oder doch durch die Überlieferung geheiligte Benennung zu seinen Gunsten hätte ändern können, so war es ein guter Gedanke, nicht die Erinnerung an einen liebenswürdigen Geist hierzu dienen zu lassen, den schon die bloße Vorstellung einer solchen Brutalität trostlos gemacht hätte...

Hégésippe Moreau, eine heute schon etwas verblichene Erscheinung, war, alles in allem genommen, als Poet von keiner Schule abhängig. Ohne Zweifel läßt die Mehrzahl seiner Verse durch eine gewisse Zusammenhanglosigkeit ein bißchen den Einfluß des literarischen Milieus spüren, in dem er lebte. Aber was hätte er machen sollen, als junger Zeitgenosse von Berühmtheiten, die sich so vielfach widersprachen? Man mag auch seine Romantik bedauerlich finden, die mehr auf Barthélemy und de Méry fußte als auf den großen Meistern, ebenso seine allzu zahlreichen und herzlich schwachen Nachahmungen des alten Béranger; doch »La Voulzie«, »Un quart d'heure de dévotion«, »La Fermière«, »Jean de Paris«, auch noch andere Gedichte, so frisch, so schwungvoll, im Ausdruck behend und kraftvoll zugleich, endlich die »Contes à ma soeur« von einer so seltenen Keuschheit und einer womöglich noch selteneren Zartsinnigkeit: all das sind Sachen, die bleiben werden, und die auch reichlich genügen, dem armen Hégésippe ein freundliches und schmerzliches Andenken zu sichern.

Sainte-Beuve liebte und schätzte ihn, Felix Pyat fand zu seinem Lob hinreißende Worte, um derentwillen man dem wilden Revolutionär – so arg er als Schriftsteller deklamierte, was für ein intuitiver Künstler war er doch dabei! – die Überfülle von Ketzereien wie auch seine ästhetischen Verbrechen – und was für welche! – verzeihen kann. Baudelaire erhob ja wohl einige – nach meiner bescheidenen Meinung allzu strenge – Einwände gegen die Huldigungen, deren Gegenstand sein Name schon bei seinen Lebzeiten war. Er wirft ihm, außer anderen Delikten, vor, in die »Democ-rocratie« verfallen zu sein, und geht so weit, ihn allen Ernstes als Taugenichts zu behandeln. Er vergißt dabei, daß Villon, wiewohl er ein Straßenbummler schlimmster Sorte gewesen, darum nicht weniger unser aller Vater und Meister bleibt; er vergißt auch, daß das Leben nicht so ganz rosig war für diese glühende und zartfühlende, daher leicht reizbare Seele. Was seinen Tod im Spital betrifft, so gestatte man mir, ihn nicht über Gebühr zu beklagen. Experto crede Roberto: die Gesellschaft, unter welchem politischen Regime auch immer sie stehen mag – man lese nur Stello! – ist nicht für Glorifikation der Poeten, die oft genug, wenn nicht immer, ihren positiven Gesetzen widerstreiten oder wenigstens sehr häufig ihren gebieterischesten

Gepflogenheiten, ob diese nun gut sind oder schlecht – eher schlecht, muß ich sagen. Also:

> »Gesellschaft, deren Starrsinn ich
> So zugesetzt,
> Wie sollst du mich
> *Verhätscheln* jetzt?«

wie ein anderer Taugenichts gesagt hat: und mir scheint, der bin ich selbst.

Und, auf der andern Seite: wenngleich der Dichter ebensosehr, wenn nicht noch mehr als irgendeiner nach Luxus und Wohlstand giert, schätzt er seine Freiheit doch höher ein als selbst das Behagen, als selbst das gute Auskommen eines Dutzendmenschen, das auch nur durch das geringste Zugeständnis an den Herdenbrauch erkauft werden müßte. So daß das Spital, am Ende seines Erdenwallens, keine größeren Schrecken für ihn haben kann als das Feldlazarett für den Soldaten oder der Märtyrertod für den Missionar! Ja, es ist sogar der logisch folgerichtige Abschluß einer in den Augen des Pöbels unvernünftigen Laufbahn; fast möchte ich hinzufügen: der stolze Schluß, wie er sein soll!

Hégésippe Moreau hat nur eine Tradition fortgeführt, die noch lange nicht unmodern ist. Ach! las ich nicht dieser Tage in einer schönen Chronik von Jean Lorrain tragische Einzelheiten über den kürzlich erfolgten Tod zweier slawischen Dichter? Und wer weiß, was die Zukunft der langen Reihe berühmter Unglücklichen noch vorbehält, die mit Homer begann? Das Evangelienwort – um feierlich zu sprechen – »Es wird immer Arme unter euch geben« gilt vor allem für das luftige Völkchen, das Plato mit Rosen krönte, als er es ins Exil schickte. Darum muß man, ohne irgendwelche Ironie, unsere »Ädilen«, die nicht immer so gute Erleuchtungen haben, zu ihrer letzten Entscheidung beglückwünschen. Die peinlich Gewissenhaften, die nicht immer auch die Zartfühlenden sind, könnten den Wunsch verlauten lassen, daß man bei unseren Hochmögenden Schritte tue, dem Verhungern unserer Poeten vorzubeugen, statt daß diese, übrigens erst lange nach ihrem Hinscheiden, in weißen Lettern auf blauen Tafeln an den Ecken von Mietkasernen prangen. Aber zuvörderst: woher die Mittel dafür nehmen? Ferner ist auch wirklich dieses posthume Populärmachen auf städtischem Emaille alles, was man für uns tun kann, nachdem man uns nicht schlechter und nicht besser beherbergt hat als alle die andern ebenso interessanten Enterbten, und ist das nicht auch schon ganz nett für Leute, die sich einen Namen machen wollen?

Aber trotz alledem hätte man doch Hégésippe Moreau sehr überrascht (freilich, wer weiß es?), wenn man ihm diese späte Apotheose vorhergesagt hätte, ebensosehr, ich wette darauf (und doch, bin ich dessen ganz sicher?), wie man mich verblüffen würde, wenn man mir für Gott weiß welche Zeiten eine Straße verheißen wollte.

II

Gleichwohl wird es entschieden düster und traurig, das Spital, trotz des schönen Junimonds, der uns beschieden ist, trotzdem das regenfeuchte Grün lieblich duftet und in lebhaftem Glanze leuchtet. Ja, das Spital verfinstert sich, trotz Philosophie, Sorglosigkeit und Stolz!

> »Uns wäre wohl im hellen Sonnenschein,
> Unter dem grünen Gezweig der Eichen«,

uns, den Poeten, ganz wie ihnen, den Arbeitern, den Genossen unserer Leiden und Mitbewohnern der Spital-»Säle«. Und es lebe der reine Genuß, und die Weiber, rein oder nicht, und das wirkliche lebendige Leben, ob es nun rein ist oder unrein!

Einstweilen, ihr Brüder, ihr Handwerker dieser und jener Sorte, ihr arbeitslosen Arbeiter und ihr mit Verlegern behafteten Dichter: resignieren wir! Trinken wir unsern schwachgezuckerten Arzneitee oder den Kakao da, schlucken wir tapfer die Medizin, das Abführmittel, die üble Laune! Befolgen wir treulich die Präskriptionen, gehorchen wir den Instruktionen, süß mögen uns dünken die Injektionen und lieblich die Dejektionen, und unterdrücken wir alle Objektionen, in Scheu vor der Strafe der Expulsion, die immer hart ist, sogar in diesem Blüten- und Heumond mit seinen warmen Tagen und milden Nächten, sobald der Geldbeutel die Schwindsucht hat, und Schulden und Hunger zu Hause warten.

Gewiß, wir werden früher oder später herauskommen, mehr oder weniger geheilt, mehr oder weniger fidel, mehr oder weniger zukunftsicher – wofern nur mehr oder weniger lebendig. Dann werden wir mit Melancholie, einer Melancholie, die ich schon in meinen »entr'actes« gekannt habe, einer ein bißchen zornigen und ein wenig spöttischen, abwechselnd dankbaren und grollenden Melancholie an unsere seelischen und sonstigen Leiden denken, an die unmenschlichen und die gütigen Ärzte, an die gemeinen und die anständigen Wärter, an diese und jene Aufseherin, die man verwünschte, wenn man sie nicht hinters Licht führte – natürlich: nicht wir, sondern die andern! – weil sie zu gutmütig war, usw. usw.

Und vielleicht werden wir eines Tages dieser schönen Zeit nachtrauern, da ihr, die Arbeiter, euch ausruhtet, und wir, die Dichter, arbeiteten; da du, Künstler, deinen Banyuls und deinen Toddy mit der Porträtierung von Substituten und jungen Medizinern und mit großartigen »Fresken« im Wärtersaal verdientest!

Ja, vielleicht werden sie uns eines Tages wieder in den Ohren klingen, melodisch aus der Vergangenheit her, diese Gespräche von Bett zu Bett, oft von einem Ende des Saals zum andern: »Bitte, meine Herren, seien Sie doch ein wenig still! Wir sind hier nicht in der Deputiertenkammer! Schweigen Sie doch, Nummer 27, Sie rückfälliger Spitalsträfling! Immer sinds die Abonnenten, die den größten Spektakel machen!«, diese mehr als lebhaften und nichts weniger als attischen Diskussionen; sie werden uns wieder gegenwärtig sein, diese Schlummer, jäh abgeschnitten durch mörderisches Geschrei, dieses Geschimpfe irgendeines Alkoholikers, dieses Erwachen mit Neuigkeiten wie: »Der Nummer 15 hat seine Tabakspfeife zerbrochen.« – »Hast du dieses Schwein, diesen Nummer 4 gehört? Was für ein dreckiger Sakermentsschnarcher!« Hoch über alledem aber wird uns, ach, in der Form eines heilsamen Heimwehs diese nüchterne Ruhe wieder in den Sinn kommen, die strenge Sicherheit dieser Stätten des Schmerzes, gewiß, aber auch der zuverlässigen Pflege und des immer vorhandenen Brots.

Eines Tages vielleicht, wenn der Tod nach uns tastet, wenn die Krankheit, die seine Vorläuferin und Quartiermacherin ist, uns Fiebernde und Schmerzgepeinigte, wohl auch Notleidende und Einsame in ihren Klauen hält: vielleicht dann werden wir mit innerem Auge sie wiedersehen, nicht ohne Rührung und einer Art von trauriger – o so trauriger – Dankbarkeit, diese langen Reihen von schneeweißen Betten und diese weißen Vorhänge, denn alles ist lang und weiß, in irgendeinem Betracht, in diesen Asylen ...

Alles weiß und hell, an diesem erlesenen Junitag, nur nicht für mich, der ich von soviel Armut müde bin (bloß für den Augenblick, glaubt mir, bin ich doch so sehr daran gewöhnt, seit fünf Jahren!), das Hospital mit großem H, der gräßliche, die Vorstellung unsagbaren Unglücks heraufbeschwörende Begriff des modernen Spitals für den modernen Poeten, der es in den Stunden seiner Mutlosigkeit nur schwarztraurig finden kann, schwarztraurig wie den Tod und wie das Grab und wie das Grabkreuz und wie die Verzweiflung an aller Barmherzigkeit, dies euer modernes Spital, so sehr ihr es auch mit den Errungenschaften der Zivilisation ausstaffiert habt, ihr Menschen dieses Geld-, Schmutz- und Auswurfzeitalters!

III

Nun aber Schluß! Werde ich aus der Charybdis nur herauskommen, um in die Szylla zu geraten, und soll mein Name, dem ich einen reinen und biederen Poesieklang geben möchte, zum Gespötte werden? Schon hat ein Wohlmeinender gesagt, daß, wenn andere sich des Spitals bedient hätten, um darin zu sterben, ich mich seiner bediente (das heißt: es dazu ausnutzte), um darin zu leben (das heißt: um meinen Lebensunterhalt zu haben).

Gleichwohl kann ich ehrenwörtlich versichern, daß es mein lebhaftester Wunsch wäre, dasselbe Leben zu führen wie so viele andere, die nicht besser sind als ich. (Und ich spreche da in aller Bescheidenheit.) Ohne Luxus – ich habe gar keinen Sinn für Luxus, – ohne allzu große Ausschweifungen – mein gegenwärtiger Gesundheitszustand erhebt ausdrücklichen Einspruch dagegen, und auch meine Grundsätze (ich habe nämlich Grundsätze, tut nicht so, als ob ihr das nicht wüßtet, teure Kameraden!) auch diese Grundsätze hätten manches dagegen einzuwenden – ohne Pose, ohne Exzeß in der Schlechtigkeit und ohne Übermaß von Güte, eine goldene Mitte zwischen dem Schlechtesten und dem Besten; keine Tugend, leider!, aber auch kein wirkliches Laster; kein Alceste, und doch auch kein Philinte – kurz: die Existenz eines braven Kerls und anständigen Menschen, und sollte dieser selbst den *Edelmann* spielen müssen – denn pfui über den »gentleman!«

Hoc erat in votis.

Statt dessen habe ich, seit (ich zähle gut) fast schon vier endlosen Jahren, die angstvolle Unruhe, was sag ich? das Keuchen:

> »Den Tod und den Neid und das Geld,
> Schnellfüßige Renner der Welt«,

blutdürstig hinter diesem meinem armen Ich her, das

> »... immer auf der Suche
> Nach sicherer Ruh, nach dem Dach für die Nacht,
> Und das lustige Kapriolen macht
> Unterm Biß einer ganzen Meute!«

wie ein schon mehrere Jahre altes Schmerzensgedicht von mir
wehklagte. Und ich werde, nach mehr als einem Jahr schier uner-
träglicher körperlicher und seelischer Leiden, schnöder an mir be-
gangener Verrätereien, über die ich heute schweige, und schwerer
Kämpfe, die ich noch zur Sprache bringen will, und mit kurzen,
aber immer noch zu langen Pausen voller Enttäuschungen und
Mißgeschicke, voller Stumpfsinn und Ekel – ich werde nun in weniger als zwei Monaten (ich wiederhole, daß ich gut zähle) das Spital seit vier Jahren haben!

Meine im Grunde philosophische Gemütsart und meine Körper-
konstitution, die trotz der qualvollen und vor allem höchst be-
schwerlichen letzten und ersten Stadien des Krankseins, trotz
Rheumatismus und Bronchitis, trotz der Affektionen des Magens
und jetzt auch des Herzens robust geblieben, haben mir Leib und
Geist so weit noch widerstandsfähig erhalten! Anderseits kann ich
die gütige Rücksichtnahme und eifrige Pflege, deren dankbares
Objekt ich bisher gewesen bin, gar nicht genug loben; ausgezeichne-
te Freunde taten für mich, was sie konnten, während andere Freunde wie zum Vergnügen mein Vertrauen mißbrauchten und mich
um den besten Glauben betrogen. All das gebe ich zu und leugne
auch nicht, daß ich in meinem Unglück noch sogenanntes Glück
gehabt habe. Aber bei alledem bleibt bestehen, daß es hart ist, nach
einem Leben, das im ganzen Arbeit gewesen, wenn es auch, wie ich
zugebe, verschönt war von Zufällen, die mich reichlich mein Teil
nehmen ließen, und von vielleicht vorbestimmten entscheidenden
Wendungen: es ist und bleibt hart, sag ich, mit 47 Jahren, im Vollbe-
sitz des literarischen Ansehens, des »Erfolgs« (um das schreckliche
gemünzte Wort zu gebrauchen), den mein höchster Ehrgeiz ertrach-
ten konnte: es ist hart, hart, sehr hart und mehr als hart, mich – o
mein Gott! es ist schon so – *auf die Straße* gesetzt zu sehn, und als
Ruhstatt für meinen Kopf und Nahrung für einen alternden Leib
lediglich die Kissen und die Menage einer Anstalt der öffentlichen
Armenpflege zu haben, die sich obendrein nur zufällig meiner an-
nahm und dessen müde werden kann – Gott segne sie übrigens! –
ohne daß dann irgendwer offensichtlich schuld daran wäre, o nein!
nicht einmal und vor allem nicht ich selber.

Man halte mir nur das traurige Ende Gilberts vor, ein Ende, dessen Rätsel erst noch zu lösen ist, dann den Tod des armen Hégésip-

pe, von dem ich erst vorhin gesprochen habe, das schreckliche Ende Edgar Poes, und die jammervollen letzten Tage unseres großen Villiers, um mich völlig zu überzeugen, daß ich ein Glückspilz bin, wenn ich mein reifes Alter so fristen kann, geehrt und, ich darf wohl sagen, geliebt von der ganzen literarischen Jugend, in dem faden Dunst von Jodoform und Phenol, in dem widernatürlichen geistigen Durcheinander, in der etwas aufzieherischen Nachsicht der Ärzte und Studenten, kurz in der ganzen Greulichkeit eines buchstäblichen Elends, das einen schlechten Schutz vor der letzten Verzweiflung bedeutet ...

Ihr habt gut reden und euch gescheit machen: es ist – um das Wort des berühmten Margue zu borgen, dessen »*Statue!!*« man neulich mit großem offiziellen und parlamentarischen Pomp enthüllte – »*es ist zum Blödsinnigwerden!*«

IV

Das Bett, das ich dieses Mal im Spital Labrousse innehabe und das die Nummer 27 [b] des Saales Seigle trägt, hat die Eigentümlichkeit, daß, soweit sich die Kranken zurückerinnern, mit Ausnahme von zwei oder drei Originalen, deren Zahl ich vielleicht vergrößern werde, noch jeder darin gestorben ist, mit einer rührenden Regelmäßigkeit des gegebenen und befolgten Beispiels.

Ein so düsteres Privileg umgibt diese allzu gastfreie Lagerstätte natürlich auch mit dem Nimbus mystischer Ehrwürdigkeit, dem ein Aberglaube sui generis nicht ganz fremdbleibt. Mit einem Wort, »keiner hat sie gern«.

Was mich betrifft, so hatte ich keine Wahl. Es handelte sich darum, zu nehmen, was sich bot, oder überhaupt zu verzichten. In gewissem Sinne war ich fast versucht, den Verzicht vorzuziehen; aber das Nehmen hieß schlimmere Herbergen vermeiden, und ich nahm.

Ich nahm, doch nicht ohne noch ein bißchen was von meinem Vorgänger gesehen zu haben, dessen »werte Bekanntschaft ich noch nicht gemacht hatte«, wie man sagt.

Er war da, mein Vorgänger, als ich den Saal betrat. Nicht schön noch häßlich noch – um die Wahrheit zu sagen – überhaupt etwas. Eine schmale und lange Gestalt, in ein Bettuch eingewickelt, das unterm Hals geknotet war, und kein Kreuz auf der Brust, und unmittelbar auf der nackten Matratze des eisernen Betts ohne Vorhänge, wie jetzt dreiviertel der Spitalbetten sind. Auf nackter Matratze ohne Vorhänge – wieder eine Legende verschwunden! würden meine hervorragenden Kollegen und Meister in der Chronik sagen. Man trug einen Sarg herein, eine sogenannte »Dominoschachtel«, bedeckt mit einem Überhang von unbestimmter Farbe, eher einer Art Sackleinwand, man legte den Pack hinein, und fort gings in die Anatomie. Wenige Augenblicke später war ich in dem Feldbett häuslich eingerichtet, das noch eben Sterbebett gewesen war und wahrhaftig die Argotbezeichnung »poussier«[11] verdiente, man

---

[11] Ausdruck für Feldbett, sonst = Staub (wie das gewöhnlichere poussière).

wolle sich nur an das »pulvis es et in pulverem reverteris« der katholischen Kirche erinnern.

Übrigens ist es wirklich erstaunlich, wie man hier mit jener Sache familiär vertraut wird, die auf den ersten Blick so gemein und furchtbar erscheint, und die doch mit so banaler Offenkundigkeit tröstend und befreiend ist: mit dem Tod. Hoho! im gewöhnlichen Leben – ich rede nicht von teuren Toten, von Verwandten oder Freunden, ich rede von den ersten besten, von den Fremden – hoho! was für ein Wesens wird da gemacht!

Man hat beinahe Angst; der arme harmlose Leichnam flößt eine Art von Entsetzen ein. Wenn ich meine vielen Stockwerke hinanklomm und wußte, daß auf diesem oder jenem Flur, hinter dieser oder jener Türe, im Schoße dieser oder jener Wohnung »un mort« lag, wie die kleinen Mädchen mit ihrem wunderhübschen, ganz rund gespitzten Mäulchen sagen, dann schauderte ich unwillkürlich und machte, daß ich die Treppen hinaufkam.

Es war eine relativ glückliche Zeit! Seither, selbst noch bis in die Tage vor meiner jetzigen Not, hatte die traurige – und so dumme!– Erfahrung mir die Fähigkeit zu derlei im Grunde ganz köstlichen Erregungen erhalten.

Aber, in drei Teufels Namen! ich habe Fortschritte im Skeptizismus gemacht, und ohne daß ich auch nur im geringsten als Vampir oder als Rauhbein posieren möchte, sei mirs vergönnt, mit einem hübschen kleinen Gewaltstreich großzutun, einem Sakrilegium, wenn ich so sagen darf, um auf diese Art meinen Gedanken durchaus klarzulegen.

Man denke bloß! in Grund und Boden hinein schlag ich den Mann La Fontaines, der sich die Schuhe eines vermeintlich Toten anzog, herunterreiß ich vom Piedestal seinen Bärenhautverkäufer, und platt schlag ich jenen vortrefflichen Pfaffen Jean Chouart; ich ziehe nicht einmal die Schuhe eines veritabeln Toten an, pfui Teufel!

Nein, aber – und mag es auch, wie ichs übrigens bereits mit allem Freimut eingestand, mit einigem inneren Widerstreben geschehen sein oder in einer Schamlosigkeit und einer Unverschämtheit, die wohlüberlegt war (was im Grund weniger Wahrscheinlichkeit für sich hat) – ich lieg in seinem Bett, in dem Bett meines Toten, ich liege, wohlgemerkt, in *seinem* Bett, seinem Bett, das noch ganz ... *kalt* ist!

Sie ist ein wenig im Genre von 1830, meine heutige Chronik. Aber, zum Teufel, was wollen Sie? Ist es nicht was wert, in dieser Zeit, wo der Zug des Jahrhunderts außer Rand und Band dahinrast, die Maschine auch manchmal *rückwärts* laufen zu lassen?

V

Das ist auch der P.-L.-M.-Gesellschaft[12] (Préparez Les Menottes![13]) vorzuwerfen, die mit ihren Bummelzügen durch die ganze Bourgogne befördert und sie an allen Stationen halten läßt! Stationen wie Vougeot, wie Beaune, wie Mâcon, wie so viele andere, wie alle miteinander, ach du lieber Gott!

Und in Mâcon sind zwei Stunden Aufenthalt nach weiß der Himmel wie vielen Jahrhunderten Waggongefangenschaft, kaum unterbrochen von kleinen Entwischungen, die knapp zuließen

»Die tugendsame Zeit von ein, zwei Glas«

(wie ungefähr Coppée einmal gesagt hat), seit wir dieses unselige Paris verließen, das sich ungern zu entfernen scheint, wenn man sich selbst von ihm entfernt, in wenigstens für den Augenblick sehr gehobener Stimmung, mit der naiven und stürmischen Freude eines Schülers, der in die Ferien zieht.

Also, ein Dichter (es gibt noch welche), und dieser hier ist alles, was man vom Neusten und Besten nach der letzten Mode, kurz als erfolgreichsten Artikel liefern kann! Arm wie Hiob, recht stolz, gutmütig und ungestüm und trotz allen Anscheins und Geredes nicht das, was man einen Bohémien nennt, mag man ihn nun von der Nähe oder aus der Ferne besehen. Sein Abscheu vor den literarischen Bierrestaurants gleicht nur seinem bißchen Abneigung gegen das Spital, wenn er krank ist, was ihm oft genug passiert, seit er vierzig Jahre und mehr auf dem Buckel hat! Ja, er wurde jetzt sogar von den Höhen eines dieser zeitgemäßen Parnasse herab wegen seines Rheumatismus nach dem wunderwirkenden Aix-les-Bains geschickt, von der Fakultät, die eifersüchtig darüber wacht, daß diesem unseren »fin de siècle« eine so überzeugungstreue Feder erhalten bleibe.

Unser Mann versäumte nicht, von einigem Durst unterstützt – komisch, daß man immer Durst hat, namentlich wenn man nicht

---

[12] Paris–Lyon–Marseille.

[13] = Handfesseln bereit halten! (Buchstabenwitz.)

durstig ist – auszusteigen, um als munterer Vergnügungsreisender, wenn auch nicht als vorsichtiger Patient die offenen Weine zu proben, die auf der Strecke – an Büfetten und Trinkständen – von verhältnismäßig gewissenhaften Verkäufern angeboten werden; er tat das so fleißig, daß ihm in Mâcon (wo alles aussteigt) heiß war und er an die Saône lief, deren reißende Strömung ihn vor der Versuchung bewahrte, ein Bad zu nehmen, wogegen er an ihrem Strand der Statue des sturmumtobten Lamartine seine pflichtschuldige Reverenz machte! Was für prächtige Stiefel, und was für ein schöner Mantel! Reflexionen über die behagliche Tracht der Dichter illo tempore beschäftigten ihn ein paar Augenblicke, aber es regnete (und die Saône dazu, wieviel Wasser, wieviel Wasser!).

Die Flucht in ein benachbartes Kaffeehaus war nicht abzuweisen. Er trank dort statt eines Appetitschnapses (pfui über den Schweizer Pernod und den überrheinischen Bittern!) eine ganze Flasche jenes köstlichen französischen Weins, den der edle Dichter so sehr geliebt und mit dem er, wie es heißt, auch nicht ohne Profit ein wenig gehandelt hat: und, o Malheur! da war man auch schon wieder, nach diesem Trankopfer für die Manen des Ruhmgekrönten, in diese und jene Träumereien über die goldene Zeit versunken, wo die Poeten noch Kapitalisten waren.

Alle diese Überlegungen versetzten den Träumer, trotz eines leidlichen und entsprechend begossenen Mittagsmahles, in einigermaßen düstere Stimmung. Sein in der Regel offenes und eher heiteres Gesicht verfinsterte und runzelte sich mehr und mehr, bis es sich endlich in vollster Harmonie befand mit dem Anzug, den er trug, einem mausgrauen Zeugs, das da und dort wenig elegante Einzelheiten aufwies: einen abgerissenen Knopf, diverse fadenscheinige Stellen an den Knopflöchern und klaffende Risse an den Nähten. Selbst sein weicher Hut schien sich seinen traurigen Gedanken anzupassen, indem er seine aus der Form gegangene Krempe rund um den Kopf herabsinken ließ als eine Art schwarzer Aureole für diese Sorgenstirn.

Sein Hut! der doch zuzeiten auch seinerseits vergnügt ist und launenhaft wie eine sehr brünette Frau, bald ganz rund und naiv, als gehörte er einem kleinen Jungen aus der Auvergne oder aus Savoyen, bald mit eingedrücktem Kegel nach Tiroler Art und keck aufs Ohr gesetzt, dann wieder so drollig fürchterlich, daß man die Kopfbedeckung eines italienischen Banditen zu sehen glaubt: das Unterste zu oberst, rechts die Krempe hinauf und links hinunter, das Vordere als Visier und das Hintere als Nackenschützer; oder auch wieder korrekt und flach mit einer niedlichen kleinen Rinne rund um das Scheitelkäppchen – sein schicksalverkündender Orakelhut, dem er mit gutem Humor den Beinamen *»Hut des Infortunatus«* gab, sein Spitzbube von Hut, den noch vor kurzem die allerschönste Rita, die Blume von Brasilien, aufgeblüht am Herzen der gütigen Dichter, mit einem Moiréband schmückte, das aber doch nicht so schön schimmert wie ihr dunkles Haar!

Und düster wie die hereingebrochene Regennacht war seine Ankunft in Aix, wo er, aus dem verstaubten Vehikel der unheilvollen P.-L.-M. (Poursuivez Le Malfaiteur!)[14] – Gesellschaft gestiegen, ein Hotel suchen mußte.

Fand er es, dieses Hotel, und nach welchen wahrscheinlich unschuldigen Abenteuern?

Erinnert er sich daran, und wer kann es sagen? ...

Immerhin steht fest, daß man ihn tags darauf, ungefähr um die Mittagszeit, wieder zu sehen bekommt, wie er sich an eine respektable Landlady wendet und ein Zimmer von ihr verlangt.

»Es ist keines frei, mein Herr.«

»So!«

Und erinnert sich der Dichter, daß er, ohne sich ihretwegen mehr zu beunruhigen, als sie sich um ihn bekümmerte, hinaufstieg, um die Tatsache festzustellen, oder aus einem ganz anderen Grunde?

Erinnert er sich daran, und wer kann es sagen?

Wie er dann nach kurzer Zeit auf einer Stiege – sehr gut, meiner Treu! – wieder herunterkommt und sich mit seinem kranken Bein anschickt, die ungastliche Schwelle zu verlassen, ruft die Dame des Hauses, ganz erstaunt, ihn wiederzusehen:

»Halt, Sie!«

---

[14] Haltet den Verbrecher!

»Warum? Perchè? What for?«

(Der Dichter ist nämlich Polyglotte.)

»Woher kommen Sie denn?«

»Ich weiß nicht .. von da droben!«

»Genug, mein Herr. Ich lasse den Polizeikommissar kommen!«

»Faisez.«[15]

(Der Dichter spricht nämlich ein schlechtes Französisch, wenn er will und wenn er kann, wenn die Umstände ihn dazu reizen, wie in diesem Fall. Und dann ist vielleicht auch ein bißchen Aufschneiderei dabei.)

Und indem er sich auf eine Bank im Vorzimmer setzte, sagte er:

»Sie erlauben?«

Die Pensionsinhaberin gab keine Antwort, aber sie analysierte die Toilette des Eindringlings. Weit weniger als die Allüren und die Art, wie er diese Toilette trug, schien das Stoffliche, sozusagen das Wesentliche des Anzugs bei ihr Anstoß zu erregen, dieses Anzugs, der doch für ihre vom Pschütt, Schick und Modenarrentum der großen Badeorte verwöhnten Augen ganz neu war.

Der Hut hatte sicher ihren Beifall, die Regelwidrigkeiten der Kleidungsstücke ditto, was sie aber am meisten in Staunen setzte, war, fürcht ich, ein gewisser Kaschmirschlips, im Farbenmuster an die Kirchenfenster des dreizehnten Jahrhunderts gemahnend und um den Hals mit aller Ungeniertheit geknüpft, wenn auch ohne den feinen Anstand der guten Gesellschaft.

(Der Dichter ist nämlich ein Dandy.)

Endlich erschien der Polizeikommissar. Beginn des üblichen Verhörs; der Dichter aber sprach:

»Madame ist ohne Zweifel an berühmte Gäste gewöhnt. Ich bin nicht die Königin von England noch der König von Griechenland, ja nicht einmal der General Boulanger. Trotzdem werden Sie zugeben, Herr Kommissar, daß ich ein Recht darauf habe, ich, der ich ja auch

---

[15] statt »Faites« (= Gut, lassen Sie ihn kommen).

nicht ›des Menschen Sohn‹ bin, mein Haupt irgendwo niederzulegen auf dieser Erde, die noch nicht das Himmelreich ist.«

Der Kommissar:

»Haben Sie Papiere?«

»Hier sind sie.«

»Sehr wohl; aber Madame beschuldigt Sie, daß Sie, obwohl sie Ihnen gesagt hat, daß kein Zimmer zur Verfügung stehe, hinaufgegangen seien, um ...«

»Um das Mobiliar fortzutragen?«

»So etwas Ähnliches.«

»Ah bah!«

Und indem er eiligst sein Jackett auszog, nicht ohne trotz allem einige tiefinnerliche und rein ästhetische Befriedigung darüber zu empfinden, daß er einen Moment lang für einen Nacheiferer des großen François Villon gelten konnte (und zwar in einem wichtigen Punkte), fuhr der Dichter fort:

»Sehen Sie selbst, Monsieur, Vide, Thomas – kehren Sie meine Taschen um!«

»Sufficit«, reagierte der Polizeikommissar als Mann von Esprit. »Sie sind an Herrn Doktor * * empfohlen. Gehen wir zu ihm.«

Und er rief einen offenen Wagen heran, einen »Landauer«, ganz wie für einen hohen Würdenträger der Republik oder einen königlichen Gast oder gar einen Kronprätendenten ...

Die Pensionsinhaberin zum Dichter:

»Entschuldigen Sie, mein Herr .. mein Gott, ich hielt Sie für einen Dieb!«

»O bitte, hat nichts zu sagen.«

Aber wie fühlte er sich doch im Grunde geschmeichelt, von wegen Villon, daß man ihn für einen Gauner halten konnte! Bei seinem wenig lamartinemäßigen Gesicht war er ja wohl dann und wann für dies und jenes gehalten worden, unter anderm auch einmal für einen Meuchelmörder. Nur weil es sich beim Verhör herausgestellt hatte, daß der Schuldige schon kurz vorher guillotiniert worden war, wurde »in Erwägung dessen« von der Verfolgung der Sache abgesehn. Aber für einen Dieb genommen zu werden, das war schon was *ganz* Feines.

Und da hat nun ein Mensch das Herz voll Wonne, und zwar bei ganz hellem Kopfe, denn war er etwa betrunken?

Erinnert er sich daran, und wer kann es sagen?

Doch da hielt der Landauer vor der Freitreppe des Hotels.

Der Kommissar: »Bitte, wollen Sie nur einsteigen. Der gute Doktor wird schön überrascht sein von einer solchen behördlich eskortierten Ankunft in unserer Stadt!«

Die Dame des Hauses, grinsend übers ganze Gesicht:

»Bitte nochmals um Vergebung, mein Herr – aber Sie sind so drollig angezogen ...«

Und der Dichter, jetzt in seiner besonderen Art von Dandy-Eitelkeit gekitzelt, verabschiedete die gute Frau mit einer graziösen Handbewegung, um die ihn selbst Karl X. und Lamartine beneidet hätten.

»Doktor,« sagte er, als der Wagen sie zu dem Arzt gebracht hatte, »ich bins, der und der, empfohlen von Dr. * *, und gestatten Sie mir, mich vorzustellen, der Fall ist nämlich glorios wie kaum ein anderer, glorios und selten! ›Unter der Ägide des Gesetzes‹, Mossieu!«

Bitte die Sprachschnitzer des Autors zu entschuldigen.

VI

Ich habe einen Feind.

Hier. Im Spital. Ja ja! Man höre nur.

Herr Leconte de Lisle hatte mir schon die Ehre und das Vergnügen erwiesen und erweist mir noch immer die Ehre und das Vergnügen, mich zu verabscheuen –warum? weil ich der erste war, der
ihn gleich nach seiner Dekoration vom 15. August in den letzten
Tagen der Kommune wiedersah; damals ließ er sich den Bart wach-
sen und haßte mich wie die Pest, weil ich auf meinem Rathausbu-
reau in der Stellung geblieben war, die ich seit sieben Jahren inne
hatte. Hat die Seele der Anbeter des Apisstiers und aller wedischen
Kühe und anderer antiken Kuriositäten jemals so viel Galle in sich
angesammelt? Nie hat er, wie man zu sagen pflegt, mich riechen
können, und das ging so weit, daß er vor Zeugen, die es mir natürlich hinterbrachten – denn es ist nicht viel länger als ein Jahr her –,
in einem Gespräch über mich sagte: »Merkwürdig, der Kerl lebt
noch immer! Der wird, scheints, nie sterben, wenn nicht auf dem
Schafott!«

Ganz wie eine alte Tante ihren verdorbenen und verliederten
Neffen brandmarkt.

Einer meiner ehemaligen Professoren vom Bonaparte-Lyzeum,[16]
das später Lycée Fontanes getauft wurde und jetzt Lycée Condorcet
heißt, ein Herr Perrens, Verfasser verschiedener Schriften über Sa-
vonarola, wenn ich nicht irre, der mir mehr als einmal tüchtige –
übrigens auch reichlich verdiente – Strafarbeiten diktiert hat, fand
kürzlich Gelegenheit, mit einigen meiner Freunde über mich zu
sprechen, und zog da gegen mich im besondern und die Dekadenten im allgemeinen los, für deren »Oberhaupt« er mich hielt. – »Ich
habe die ›Soirées des de Médan‹ nie zu Ende lesen können«, fügte
er als Beweis hinzu.

Auch die Frauen – ach! aus den gewöhnlichen Gründen! – und
dann vielleicht noch irgendein kompromittierender, wenn auch
unbewußter Nachahmer des großen und teuren Mallarmé, bringen

---

[16] Lycée Bonaparte.

mir nichts weniger als zärtliche Gefühle entgegen. Aber weder Schulfüchse irgendwelcher Kategorie noch mehr oder weniger interessante verlassene Ariadnen noch die kleinen verkannten Genies des sprachlichen Ausdrucks und des Rhythmus, so ergötzlich sie auch sein mögen, haben mir in den verschiedenen Kundgebungen ihres Übelwollens so viel Spaß gemacht wie das Tier, das ich jetzt bitte Ihnen in Freiheit dressiert vorführen zu dürfen.

Ich würde ihm verzeihen und nichts über ihn sagen, wenn es einer meiner lieben Kollegen in derselben prekären Lage wäre (ist nicht – man munkelt es weit und breit – unsere Lieblingssünde der Neid?) oder ein wackerer, reichlich bornierter Arbeiter, ein wenig ungeschliffen und großsprecherisch, oder irgendein Bauer aus dem weiteren Umkreis von Paris, oder auch irgendein typischer Straßenbengel, einer von denen, die man manchmal in den Spitälern antrifft, halb Zuhälter, halb Räuber; aber nein! nicht eins noch das andere ist mein Typ, vielmehr ein biederes »Mädchen für alles«, ein Taugenichts, der sich in den gesetzlichen Grenzen hält, für einen Tagelöhner sich ausgebend unter widerrechtlicher Aneignung dieses Titels, der Kraft und Mut in sich begreift, ob sein Inhaber nun Lastträger in der Markthalle oder umherziehender Obst- und Gemüseverkäufer ist, je nach der Jahreszeit, oder sonst etwas – ein Voltigeur in leichten und mehr als oberflächlichen Künsten, ein Hilfskellner in den Montmartre-Nachtkneipen, die man euphemistisch »Cafés« nennt, und in den Garküchen, die sich proprio motu als »Restaurants« aufspielen, ein Kontrolleur in den elenden Singspielhallen der Provinznester des Canton Seine-et-Oiseux[17] – übrigens auch Kommissar bei gewissen mehr vorstädtischen oder halbprovinzlerischen Zivilbegräbnissen, außerordentliches Mitglied von nicht bestehenden Gesangvereinen und Schellenbaum[18] von so lokalem Geklinge, daß es dem Kataster entgeht, mit einem Wort: der geschäftige Müßiggänger, wie er im Buche steht, und der Wichtigtuer des lärmenden Nichts ...

Er ist häßlich, sein Gesicht eckig und von jämmerlich roter Färbung, seine Zähne sind angefault, dazu grausam blaue Triefaugen, ein Bart wie ein verschimmelter Klosettbesen, erbärmlich, aber nicht

---

[17] = »Müßiggänger-Bezirks« (Seine-et-Oise); boshaftes Wortspiel!
[18] einer Janitscharenmusik.

ohne die Prätension früherer Schönheit (der Edle ist schon nah an vierzig), und eine schleppende, silbenverschluckende, eher bauernmäßige als städtische Aussprache. Auch ist er kein eingebildeter Kranker, das wäre zu wenig gesagt, und kein Simulant, das wäre zuviel gesagt, nein, ein Kranker aus ernstlicher Absicht, wie mir scheint. Zu einer Kalte-Milch-Kur verurteilt, läßt er einen Teil seiner Milch heimlich abkochen – das geht frühmorgens auf dem Bureau ganz leicht (wo Tag und Nacht ein tüchtiges Feuer brennt) –, macht sich eine gute warme Suppe und gibt sie sogleich wieder von sich, in die Schüssel, die dem Chefarzt bei dessen Besuch um neun Uhr gezeigt werden muß; ist der Magen auf diese Art hübsch entlastet, dann verzehrt er in vorschriftsmäßig eisgekühlte Milch getunkte Zwiebäcke. So schafft man sich zwar einen schlechten Magen, aber auch gute Spitalmonate und freut sich über den gelungenen Streich.

Kaum hatte mich der diensttuende Assistenzarzt, den ich schon kannte, in den kleinen Saal mit sechs Betten geführt, wo das Zuckersöhnchen lag (wir, meine Stubengenossen und ich, haben ihm diesen ironischen Spitznamen gegeben), da begann der Edle auch schon fast laut, deutlich und vernehmbar gegen diese »Vergünstigung« aufzubegehren – gewöhnlich werden nämlich die Neuangekommenen vom Diener des Einschreibbureaus hereingeführt und dann von der Aufseherin untergebracht. Mein ungezwungenes Benehmen und mein sofort familiäres Geplauder mit diesem und jenem, sobald ich mit meinen neuen »Schlafkameraden« allein war, schienen ihn zu verwundern, und zwar mehr im günstigen Sinne; dann aber erregten die Schmöker und die Zeitungen und Zeitschriften, die ich auspackte, eine eher übelwollende Neugier bei ihm. Er nahm die Witterung von mir und hielt sich sozusagen in der Defensive, der Schafskopf, dem ich von Anfang an für einen Abenteurer galt! Er sondierte mich nach meinem Metier, und als ich ihm antwortete, ich hätte keins, mißfiel ihm diese meine Offenheit, weil sie ihm verletzend und einigermaßen anzüglich vorkam; wie eine Bombe aber explodierte seine Feindseligkeit, als ich die ersten Besuche erhielt. Die Zylinderhüte und die für ihn geheimnisvollen Reden meiner Freunde brachten ihn vollends in Wut, und da ich mit einer ziemlichen Anzahl von Leuten bekannt bin, die eine freundliche Sympathie für meine Schriften hegen, ließ ihre etwas respektvolle Haltung und Redeweise – obschon ich regelmäßig im Gespräch einen möglichst leichten und gemütlichen Ton anschlage – und der manchmal recht überschwengliche Ausdruck ihrer Sympathien in diesem verworrenen Kopfe ein undefinierbares Gefühl sich regen, eine Mischung von Neid, Neugier, gehässiger Indiskretion und allen Etceteras der abgeschmackten Trivialität!

Er versuchte zunächst, mir durch Bosheiten hinter meinem Rücken zu schaden, die mir getreulich wiedergesagt wurden, übrigens von den im allgemeinen kreuzbraven Leuten meiner Spitalumgebung; er versuchte es sogar mittels nach Übelwollen schmeckender Bemerkungen dem Personal gegenüber; dann lüftete er die Maske, nach einigen Versuchen, sich mit mir über Persönlichkeiten zu unterhalten, die er – wer weiß durch welchen Zufall – wirklich kennengelernt hatte, sowie über Angelegenheiten dieser Leute, die ihn nichts angingen, was ich bald nicht umhin konnte ihn fühlen zu lassen; er verlegte sich auf erst indirekten, dann direkten Schabernack, als da waren das Schließen oder das Öffnen von Türen, je nachdem es mich ärgern konnte, zweideutige Redensarten von den »unverstandenen Dichtern« und den »Bohémiens« und den »Protektionskindern«, oh! vor allem von den Protektionskindern, die nicht so fast krank seien als darauf erpicht, den armen Leuten das Brot wegzufressen, nachdem sie sich von deren Schweiß gemästet hätten. Das alles, bis ich zornig wurde und ihm antwortete, wie er es verdiente, und manchmal noch darüber hinaus.

Hierauf ging er über zu einer klagenden Sauersüßlichkeit und zu bösartigen Machenschaften von ganz heimtückischer Sorte. Da der Charakter des Wichts den andern Kranken ganz ebenso unbequem wurde, und diese wie ich selbst mit keinem Wort mehr auf seine gallige oder altweibermäßige Laune reagierten, ließ er uns bald in Ruhe; aber seine Rachsucht (du lieber Himmel! welchen Grund hatte er dazu?) schlug einen neuen Weg ein, der darin bestand, überall herumzuschwätzen, daß ich ein erbärmlicher Klerikaler sei, ein »Bonapartist«, unwürdig, auf Kosten der wirklich allzu gutmütigen R. F. zu leben! – ich hatte nämlich, bei mehreren Anlässen, den lieben Gott ganz leise gegen diesen Kretin verteidigt und sogar – welch ein Verbrechen! – einige – wenn auch sehr bescheidene – boulangistische Anwandlungen an. den Tag gelegt...

Schließlich hat man jetzt, nach später Entdeckung des Tricks mit der aufenthaltverlängernden Brechschüssel, diesen reinsten Typ eines Spital-batteur[19] oder wenn man will Spital-pilon[20] zum Teufel geschickt. Die zwei Ausdrücke stammen aus dem echtesten Spezialargot, und ich empfehle sie unseren für notorische »Echtheit« begeisterten Romanschriftstellern.

Die Moral von alledem ist, daß Madame L'Envie, im Sinne der Invidia wie auch im andern Sinne, überall sich einnistet, und daß ihr Platz nicht bloß, wie man bei der Intensität ihres Ausdrucks meinen sollte, auf dem Lehrstuhl der Hochschulen, im Fauteuil des Akademikers oder auf dem Kanapee der Bürgersfrau und der Kokotte, nein, auch auf dem Plüschdiwan irgendeiner »intellektuellen« Bierkneipe ist – und daß es für die Menschheit, so wenig sie auch nachzudenken pflegt, einen Trost bedeutet, daß irgendein Wagentüröffner oder einer, der nach weggeworfenen Zigarrenstummeln oder verlorenen Münzen sucht, daß der erste beste Verkäufer von Kontrollbilletts e tutti quanti an Gift und Galle nichts nachgeben – dem Herrn Leconte de Lisle zum Beispiel.

---

[19] = Gauner.

[20] = Stößer eines Mörsers.

VII

Zu denken, daß ich nun seit November 86 schon zum drittenmal den 14. Juli im Spital verbringe! Ohne mir eine ganz tadellose republikanische Orthodoxie zuschreiben zu können, gestehe ich, »recht hohe Verehrung«, wie Banville sagt, für dieses Fest zu hegen und für seine Bräuche: lustige, ziemlich dezente Bälle, ob man sie nun auf großen öffentlichen Plätzen der Stadt oder im Dorfe veranstaltet, besonders bei Tagesanbruch und im Morgenrot, zu den Klängen der Drehorgeln, die das zu Tode gehetzte und schlafengegangene Orchester ersetzen müssen; eine immer sehr hübsche Revue der Pariser Straßenjugend, als drolliges Vorspiel der großen, schon traditionellen und legendenumwobenen Revue von Longchamps, welche, wie ich mit Vergnügen konstatiere, sich mehr und mehr des Zulaufs einer Volksmenge erfreut, die im Grunde militärischer und patriotischer ist, als man im Ausland und unter uns anderen Maulaffen glaubt.

Und dann: der berühmte Jahrestag, mag er auch ein bißchen abgeschmackt sein, kann mir nicht durchaus mißfallen. An diesem Tage beging das Volk zwar seine erste Dummheit, indem es ein Gefängnis für *Adelige* zerstörte – zugleich legte es da aber auch sein erstes Glaubensbekenntnis ab, das noch mehr Heiligkeit, noch mehr Herzlichkeit erhielt durch den naiven Geist beispielloser Uneigennützigkeit, der darüber waltete. Man mag dagegen die Relativität des Heroismus dieser Besieger einiger »invalos« und die Bestreitbarkeit ihrer Großmut nach der Kapitulation geltend machen. Einerlei! das größte königliche Vorrecht, das einzig wirklich hassenswerte vielleicht, war vernichtet, die »lettre de cachet« war in den Papierkorb geworfen einzig durch die Tatsache des Falls jener Zwingburg mittelalterlicher oder vielmehr renaissancemäßiger Eigenmächtigkeit – denn rufen wir uns, außer anderen Erinnerungen vom Lyzeum, ins Gedächtnis, daß Franz I. es war, der das Königtum selbstherrlich machte, und daß die Revolution endlich weniger durch eine brutale, eigentlich banale Episode eröffnet wurde als kraft des Symbolismus (das Wort ist hier wirklich am Platze), kraft des unbewußten Symbolismus einer durch die Zeitverhältnisse ins Erhabene emporgerissenen Menge.

Aber ich fürchte, unser heutiges Volk, das weit weniger symbolis-
tisch als dekadent ist – um diese Schlagworte aus dem sehr ver-
gänglichen Vokabularium unserer Wortzänkereien zu entlehnen –,
ich fürchte, es macht sich lustig, ja, lustig über diese Betrachtungen:
und es hat recht!

Hallo, Kinder! Artillerie vor! Wohin ist die Zeit, da hier im Saint-
François-Hof alle oder fast alle Gassenkinder der Nachbarschaft,
reich geworden durch meine verschwenderisch verstreuten Sous,
den Bürgersteig und die Fahrstraße mit Fröschen und Schwärmern,
den Himmel mit römischen Lichtern, die Mauern mit Feuerrädern
illuminierten, da sie zwischen den Pflastersteinen, auf den Fenster-
brettern, aus den Erdgeschossen hervor und so gut wie überall
spaßhafte »étrons de Suisse« erscheinen ließen und mitten durch
das vorschriftsmäßige »Vive la République!« auch mit schrillem
Kreischen »Vive Mossieu Paul!« schrien.

Auf, Kinder! frisch los mit dem Ringelreih und der »Ballon-
Krinoline« und dem »Glocken-Kreiseltanz«,[21] mit »Une poule sur
un mur«, »Su'l'pont du Gard un bal y est donné« und »C'est les
Chevaliers du guet«! ...

Frisch auf, alle miteinander! paarweis voran!

Die braven Schutzleute schmauchen ihr Pfeifchen vor der an diesem Tag duldsamen Nase der Unteroffiziere, die selbst Stinkadores
und Zweisoutados mit Andacht genießen. Die guten Saufbrüder
torkeln im Zickzack und gröhlen den »vaches«[22] zum Trotze, die
über diesen einmal im Jahr herrschenden Ausnahmezustand nicht
erbost sind. Eine echte Verbrüderungsstimmung, ein klein bißchen
spöttisch und sehr trällerfreudig, flattert sozusagen in den Falten
der Fahnen und scheint aus ihnen in die Gemüter der Vorüberge-
henden herabzuwehen. Wundervoll ist das und beinahe rührend,
und die R. F., die an diesem Tag huldvoll die Zügel auf dem Na-
cken des guten populi lockert, reckt sich wieder auf, »drückt die
Brust heraus«, wie man beim Militär sagt, fühlt sich jung mit ihren
zwanzig Jahren, so altersschwach ebendiese Pubertät sie noch ges-

---

[21] faire des fromages = »eine Glocke machen«, d. h. sich drehend niederhocken,
so daß der Rock sich glockenförmig aufbauscht.
[22] »Kühen«; Spitzname für die Polizisten.

tern machte, und bringt es fertig, sich ein Weilchen für ebenso populär zu halten wie einst der selige »Badingue« Spitzname Napoleons III., der in der Bluse eines angeblich »Badingue« heißenden Maurers aus dem Gefängnis zu Ham entkam. und heute dieser – übrigens recht garstig fallen gelassene – »Boulange«.[23]

Was aber uns andere betrifft, die wir in der Bastille der Not und des traurigsten Elends schmachten: hat diese stolzerfüllte, freudenjauchzende R. F. nicht wenigstens ein bißchen auch an uns, ihre Armen, gedacht? Hm, hm! Mein Gott ja! in Gestalt einer doppelten Weinration, eines ganzen halben Liters für die »gesünderen Kranken«, eines Stückchen Kuchens für zwei bis drei Sous, Crêmeschnitte, Napfkuchen oder Törtchen; dann am Abend Retraite (ohne Fackeln) um neun statt um acht und Erlaubnis zu singen, wenn es uns Spaß macht. Und da hört man dann Weihnachtslieder (ach, von Adam) und Palmsonntagweisen (oh, von Faure!), denn der Pariser Vorstadtmensch ist nicht so skeptisch, daß er die geistlichen Lieder nicht ganz außerordentlich nach seinem Geschmack fände, ganz ebensosehr wie die »Petits pinsons« und die »Carmen, vous n'avez pas d'âme«; auch hält es ja der Vorstädter, der Bummler mit der Elegie und befaßt sich wenig mit der Politik (die für ein paar graubärtige Veteranen von Anno 71 gut ist) oder mit der Aufschneiderei, die für die etwas wohlhabenderen, wenn auch intellektuell nicht viel höherstehenden Schichten des Spießertums bestimmt sein dürfte, des Studenten und des florierenden Künstlers, des Gymnasiasten und des jungen Malschülers oder Rechtsanwaltslaufburschen oder Literaturzigeuners.

Der patriotische Enthusiasmus hat, wie es ja ganz natürlich ist, seine Grenzen. Doch kommt er in gewissen Stadtzonen zu starkem Ausdruck, in kunstvoll geflochtenen trikoloren Papiergirlanden und in blauweißroten Wappenschildern mit den obligaten Anfangsbuchstaben in Goldgelb; das Ganze die Frucht einer Kollekte von einem Sou aufwärts. So ists im Norden von Paris (ich spreche nur von dem, was ich selbst gesehen habe, von dem wirklich demokratischen Norden, von Belleville und Ménilmontant). Im Süden – Faubourg Saint-Jacques, Montrouge – ist Windstille und gar nichts los.

---

[23] Boulanger.

Aber in einem »meiner« Spitäler, das in dieser Stadtgegend liegt, zerfließen die Kranken, die zu unserer gegenwärtigen Regierungsform sehr kühl stehen – nur äußerlich, wie ich hoffe, pflegt man doch gerade die tiefen Gefühle eifersüchtig zu verbergen – in dankbaren und verehrungsvollen Kundgebungen gegenüber ihrem Chefarzt, dem berühmten und gefeierten Doktor X., anläßlich seines Namensfestes, das, wenn mich mein Gedächtnis nicht täuscht, auf den St.-G....-Tag fällt. Blumengewinde, Säulendekoration, Sträuße, Glückwünsche. Und der Fürst der Wissenschaft läßt sich auch nicht lumpen und regaliert seine demütigen Patienten mit einem schönen Konzert, mit Tee und Kaffee, der in vorsichtiger Dosis, aber doch angenehm gewürzt ist, mit Kuchen und Zuckerwerk, was auf ein paar Stunden Freude und Heiterkeit in diese armen Herzen zaubert, die voller Dankbarkeit sind für die gütige Betreuung und die zarte Aufmerksamkeit.

Und ich ziehe, trotz meines bekannten revolutionären Chauvinismus, dieses Fest der wahren Brüderlichkeit deinem gestrigen Verbrüderungsfeste vor, Freiheit, geliebte Freiheit!

VIII

Dies ist die letzte Chronik der Reihe, vielleicht überhaupt die letzte, und ich glaubte sogar, daß sie nicht zur Verwirklichung käme, diese Chronik, zu deren Niederschrift ich mich gedrängt fühlte, um ein ganzes kleines Programm von Eindrücken abzuschließen, die keineswegs sozialistisch waren, wie es jetzt Mode ist, oder gar »anarchistisch«, wie das dumme Wort heißt, das liebenswerte, aber unzulängliche junge Leute dem »großen« Proudhon von gestern mißverständlich entlehnt haben.

Also: im verflossenen Dezember wurde ich plötzlich von einem abscheulichen rheumatischen Schmerz gepackt, wie ich ihn schon früher am linken Knie zu spüren bekommen hatte – diesmal wars am Handgelenk derselben Seite. Das trug sich zu in der Vorstadt Saint ***, wo sich ein großes Spital befindet, dessen ausgezeichneten Direktor ich seit langem kannte; er ließ mich unverzüglich in die Abteilung des Doktor ** aufnehmen. Dieser war, ganz wie auch sein Assistent, so liebenswürdig zu mir im vollsten Sinne des Worts, daß es mir einen förmlichen Schmerz bereitete, mich von diesen beiden Herren wieder trennen zu müssen.

Ich wohnte in einem Gemach, das sich mit einer Glaswand in T-Form an einen großen Saal schloß, so daß ich bei der geraden Aufstellung unserer Betten (wir waren unser fünf, und ich der fünfte gegen eine Ecke hin) versucht war, uns mit den »Figuranten der Morgue« zu vergleichen; aber der gute Doktor – der über mich Bescheid wußte – hatte unsern Raum bereits den »Saal der Dekadenten« getauft.

Daß ich vollkommen glücklich gewesen wäre in diesem, wie ich noch hoffe, letzten Spital, kann ich nicht behaupten. Ich verlebte nur einen ruhigen Monat darin, durchaus geborgen in der zuvorkommenden und rücksichtsvollen Pflege durch ein tadelloses Ärztekollegium und ein nach besten Kräften bemühtes Hilfspersonal.

Sogar die »Kameraden« waren in der Mehrzahl angenehm und gemütlich. Ganz besonders einer von ihnen, ein Soldat – was für ein schreckliches Mannsbild, ganz nur Schnurrbart! – eben erst von der afrikanischen Truppe heimgekehrt. Der Kerl glaubte weder an Gott noch an den Teufel (zudem war er ein Pariser Kind); und wie ich ihm ein und das andere Mal einwendete, es müsse da droben noch einen geben, der pfiffiger ist als wir, und daß es unrecht von ihm wäre, nicht an Ihn zu glauben und Ihm nicht zu vertrauen, da taufte mich mein Biribist[24] sofort »ratichon«, was im Argot »Pfarrer« bedeutet. Er nannte mich dann nie mehr anders, und dieser Spitzname wurde zur Quelle höchster Belustigung für diejenigen unserer Nachbarn, die zum Lachen die Kraft hatten.

So lebt denn wohl, ihr meine Spitäler dieser letzten Jahre – wenn ich nicht sagen soll: auf Wiedersehn! nehmt meinen Abschiedsgruß, auf alle Fälle. Still und arbeitsam hab ich in euern Mauern gelebt. Ich habe jedes von euch mit irgendeinem Bedauern verlassen: und trieben mich meine Menschenwürde, die Würde eines Mannes, der noch relativ besser, aber nicht viel besser daran ist als die unglücklichsten Enterbten von euren Stammgästen, und mein gutbürgerliches Gerechtigkeitsgefühl, kein von soviel armen Leuten ersehntes Bett usurpieren zu wollen, oftmals und oft zu früh aus euren Toren, die man beim Kommen, aber nicht minder auch beim Gehen segnet, so seid versichert, ihr guten Spitäler: trotz all der unvermeidlichen Einförmigkeit, trotz allen zwangsmäßig strengen Regiments und trotz aller Unannehmlichkeiten, die ja schließlich einer jeden menschlichen Situation anhaften, bewähre ich euch ein Andenken, das einzig und unvergleichlich ist unter der Menge anderer, unendlich schlimmerer Erinnerungen, die das Leben draußen in der Welt mir geliefert hat, die es mir noch heute liefert und, ohne jeden Zweifel, auch weiterhin und allezeit liefern wird.

---

[24] Zur Strafkompagnie nach Afrika versetzter Soldat.

Über tredition

Eigenes Buch veröffentlichen

tredition wurde 2006 in Hamburg gegründet und hat seither mehrere tausend Buchtitel veröffentlicht. Autoren veröffentlichen in wenigen leichten Schritten gedruckte Bücher, e-Books und audio-Books. tredition hat das Ziel, die beste und fairste Veröffentlichungsmöglichkeit für Autoren zu bieten.

tredition wurde mit der Erkenntnis gegründet, dass nur etwa jedes 200. bei Verlagen eingereichte Manuskript veröffentlicht wird. Dabei hat jedes Buch seinen Markt, also seine Leser. tredition sorgt dafür, dass für jedes Buch die Leserschaft auch erreicht wird.

Im einzigartigen Literatur-Netzwerk von tredition bieten zahlreiche Literatur-Partner (das sind Lektoren, Übersetzer, Hörbuchsprecher und Illustratoren) ihre Dienstleistung an, um Manuskripte zu verbessern oder die Vielfalt zu erhöhen. Autoren vereinbaren direkt mit den Literatur-Partnern die Konditionen ihrer Zusammenarbeit und partizipieren gemeinsam am Erfolg des Buches.

Das gesamte Verlagsprogramm von tredition ist bei allen stationären Buchhandlungen und Online-Buchhändlern wie z. B. Amazon erhältlich. e-Books stehen bei den führenden Online-Portalen (z. B. iBookstore von Apple oder Kindle von Amazon) zum Verkauf.

Einfach leicht ein Buch veröffentlichen: **www.tredition.de**

Eigene Buchreihe oder eigenen Verlag gründen

Seit 2009 bietet tredition sein Verlagskonzept auch als sogenanntes "White-Label" an. Das bedeutet, dass andere Unternehmen, Institutionen und Personen risikofrei und unkompliziert selbst zum Herausgeber von Büchern und Buchreihen unter eigener Marke werden können. tredition übernimmt dabei das komplette Herstellungs- und Distributionsrisiko.

Zahlreiche Zeitschriften-, Zeitungs- und Buchverlage, Universitäten, Forschungseinrichtungen u.v.m. nutzen diese Dienstleistung von tredition, um unter eigener Marke ohne Risiko Bücher zu verlegen.

Alle Informationen im Internet: **www.tredition.de/fuer-verlage**

tredition wurde mit mehreren Innovationspreisen ausgezeichnet, u. a. mit dem Webfuture Award und dem Innovationspreis der Buch Digitale.

tredition ist Mitglied im Börsenverein des Deutschen Buchhandels.

Dieses Werk elektronisch lesen

Dieses Werk ist Teil der Gutenberg-DE Edition DVD. Diese enthält das komplette Archiv des Projekt Gutenberg-DE. Die DVD ist im Internet erhältlich auf **http://gutenbergshop.abc.de**